Nanni

Für Mausi und Georg.
Georg war der Verlobte von Mausi. Er starb in einer Silvesternacht bei einem Autounfall. Mausi hat ihm bis zu ihrem eigenen Tod die Treue gehalten.
Mausi war der Kosename von meiner Tante Luise, welche ihre Liebe zu Georg auf mich übertragen hat. Ihr verdanke ich auch meinen Vornamen Jürgen (Koseform von Georg).

Juergen von Rehberg

Nanni

**Die Liebe sucht sich
ihren eigenen Weg**

Bibliografische Information der Deutschen Nationalbibliothek:
Die Deutsche Nationalbibliothek verzeichnet diese Publikation in der Deutschen Nationalbibliografie; detaillierte bibliografische Daten sind im Internet über http://dnb.dnb.de abrufbar.

© 2017 Juergen von Rehberg

Herstellung und Verlag: BoD – Books on Demand, Norderstedt

ISBN: 978-3-7431-3590-1

Ein seltsames Gefühl beschlich Georg Marburger, als er die Hotelhalle betrat. Erinnerungen wurden wach. Erinnerungen an eine längst vergessene Zeit.

Es war die Zeit, als Filterberg noch ein kleines, verschlafenes Dorf war. Eine kleine Gemeinde mit gerade einmal zweitausend Einwohnern; wenn es überhaupt so viele waren.

Die Filter, ein kleines Bächlein, welches sich durch und um den Ort schlängelte, um sich mit einem Fluss zu vereinigen, in welchem Georg schwimmen gelernt hatte, verlief nicht mehr so wie früher.

Man hatte ihr das Mäandrieren abgewöhnt und sie in ein gerade verlaufendes Bett verfrachtet.

"Guten Tag, mein Herr! Was kann ich für Sie tun?"

Eine junge Frau unterbrach den gedanklichen Ausflug in die Vergangenheit.

"Mein Name ist Georg Marburger. Ich habe reserviert."

"Einen kleinen Moment", sagte die Rezeptionistin, auf deren weißer Bluse drei kleine goldene Kronen zu erkennen waren, als Symbol des Hotels.

"Da haben wir es schon", fuhr sie mit einem Lächeln fort, *"Herr Marburger aus Wien."*

Georg lächelte zurück und nickte. Er fragte sich, warum die junge Frau die "Wir-Form" gewählt hatte, so als wäre er bei der Suche involviert gewesen.

"Wir haben für Sie das Zimmer Nummer 144 reserviert mit Blick auf den Marktplatz", sagte die junge Frau und ihr Gesichtsausdruck vermittelte den Eindruck, als ob dieses bestimmte Zimmer die "Fürstensuite" des Hotels wäre.

"Ich hoffe, es wird Ihnen gefallen und Sie werden sich bei uns wohlfühlen."

Dann nahm sie den Schlüssel für Zimmer 144 vom Haken und überreichte ihn dem Neuankömmling mit den Worten:

"Noch einmal herzlich willkommen, Herr Marburger und schöne Tage in unserem schönen Filterberg!"

Georg nahm den Schlüssel und wollte sich schon abwenden, als Frau Simone - ihr Name war auf einem Messingschildchen zu lesen, das auf der Brust angebracht war - noch nachschickte:

"Die Formalitäten können wir später erledigen, wenn Sie sich von der langen Reise erholt haben. Franco wird Sie zum Lift begleiten und Sie zu Ihrem Zimmer führen. Dort finden Sie auch genügend Prospektmaterial über unser Hotel und diverse Ausflugsvorschläge. Und wenn Sie Fragen haben, wir sind immer für Sie da. Ich heiße übrigens Simone."

"Ich weiß", sagte Georg, *"ich weiß. Und vielen Dank Frau Simone!"*

"Einfach nur Simone", antwortete die Rezeptionistin mit ihrem vollkommenen Lächeln.

Franco, die Aufzugsfachkraft, hatte sich von Georg unbemerkt heran geschlichen. Er nahm den Koffer und rollte diesen in Richtung Aufzug.

"Wenn ich Sie bitten dürfte mir zu folgen", sagte er brav, wie man es ihm wohl beigebracht hatte, und Georg kam dessen Bitte nach.

"So, da wären wir", sagte Franko, der im Privatleben wohl Franz hieß und dessen schöner deutscher Name vermutlich aus Marketinggründen verschandelt worden war.

"Ich wünsche Ihnen einen schönen Aufenthalt, mein Herr!" sagte Franco mit einer leichten Verbeugung, nachdem er das Bakschisch freudig grinsend entgegen genommen hatte.

Als Franco die Tür hinter sich zugezogen hatte, sah sich Georg erst einmal in seiner neuen Behausung um. Was er sah, rechtfertigte durchaus die Bezeichnung "Hotel".

Georg packte seinen Koffer aus. Danach entledigte er sich seiner Kleider und schlüpfte in den flauschigen Bademantel, der an der Tür des Badezimmers hing.

Die Hinweispfeile im Korridor führten ihn zielsicher in den Spa-Bereich des Hotels.

Er setzte sich in die Kammer des Kräuterdampfbades und genoss die wohltuende Wärme auf seiner Haut. Leise Musik berieselte den Besucher und brachte Georg dazu einzuschlafen.

"Hallo! Geht es Ihnen gut? Ist alles in Ordnung?"

Es dauerte eine geraume Weile, bis Georg verifizieren konnte, was geschah.

Eine Frau, mittleren Alters, mit einem Handtuch als Turban auf dem Kopf schaute ihm ins Gesicht. Ihr Körper war mit einem Badetuch umhüllt, zumindest die untere Hälfte.

Georg war verunsichert. Er lag auf einer Holzliege hin geschmiegt, wie Gott ihn einstmals geschaffen hatte. Er zog sich hastig das Badetuch, auf welchem er lag, über seine Männlichkeit.

"Ganz ruhig, mein Lieber", sagte das halbnackte Wesen mit einem charmanten Lächeln. *"Es ist alles gut; ich wollte lediglich fragen, ob es Ihnen gut geht."*

"Danke", stammelte Georg, *"es geht mir gut."*

"Es tut mir leid, wenn ich Ihren Schlaf gestört haben sollte", sagte die Dame, *"aber Sie lagen schon da, als ich in die Saunakammer ging, und als ich heraus kam, lagen Sie noch immer da."*

Die Kräuterkammer war - im Gegensatz zu den Saunakammern - gläsern umwandet, sodass man von außen hinein sehen konnte.

"Das ist schon in Ordnung", sagte Georg, *"haben Sie Dank für Ihre freundliche Fürsorge."*

"Das habe ich gern getan", antwortete die Dame. *"Erlauben Sie, dass ich mich neben sie lege?"*

Und noch bevor Georg antworten konnte, öffnete sie ihr Badetuch, mit welchem sie gerade eben noch den unteren Teil ihres Körpers bedeckt gehalten hatte, und breitete es auf der Liege neben Georg aus.

Dann legte sie sich hin und schloss die Augen. Das war das Signal für Georg seine Nachbarin genauer in Augenschein zu nehmen.

Was er zu sehen bekam, erfüllte Körper und Seele mit großer Wohligkeit. Ein nicht mehr ganz junger Körper; braun gebrannt und immer noch wohlgeformt.

Georg, der inzwischen wieder seine Fassung zurück gewonnen hatte, schlug sein Badetuch behutsam zur Seite und erlaubte damit Wärme und Duft wieder alle Winkel auf der Vorderseite seines Körpers zu umschmeicheln.

"Ich möchte mich noch einmal für Ihre Fürsorge bedanken", versuchte er ein Gespräch in Gang zu bringen.

"Kein Ding!" kam die knappe Antwort aus der Nachbarschaft.

Georg versuchte es weiter:

"Sind Sie auch Gast des Hotels?"

"Ja."

Georg überlegte, ob es sinnvoll wäre sich noch weiter um ein Gespräch zu bemühen. Dann wagte er doch noch einen weiteren, letzten Versuch:

"Ich würde mich gern erkenntlich zeigen und Sie heute Abend zum Essen oder auf ein Glas Wein einzuladen."

Georgs Nachbarin öffnete die Augen, wendete ihren Blick zu ihm und sagte:

"Geht nicht auch beides?"

Georg lachte und antwortete:

"Aber natürlich! Ich heiße übrigens Georg."

"Freut mich, mein Lieber, kam postwendend die Antwort, *"ich heiße Marianne. Und spreche mich bitte jetzt nicht mehr an, ich möchte relaxen. Und noch eines; nenne mich nicht «Mary»; ich hasse das!"*

****

Als am Abend Marianne an den Tisch kam, an welchem Georg sie schon neugierig erwartete, stand er auf, um ihr den Stuhl anzubieten.

"Old School", sagte Marianne, *"es gibt ihn tatsächlich noch, den Gentleman."*

Georg lächelte und verbeugte sich leicht dabei.

"Ich kann nichts dafür", sagte er, *"ich bin nun einmal so erzogen worden."*

Der Ober kam an den Tisch und überreichte den beiden Gästen die Speisekarten. Marianne legte ihre beiseite und sagte zu Georg:

"Suche du bitte für uns beide aus!"

Georg war überrascht. Er schaute zuerst Marianne an und dann den Ober.

"Gibt es eine Spezialität des Hauses?" fragte er, und der Ober antwortete:

"Ich empfehle den Zander «Jägerinnenart» mit Kartoffel-Sellerie-Püree."

Marianne lachte und fragte den verbindlich lächelnden Ober:

"Wurde der Zander vielleicht von einer Frau erschossen?"

"Pardon, gnädige Frau", antwortete der sichtlich verwirrte Ober, *"ich verstehe die Frage nicht ganz..."*

"Nun", antwortete Marianne, *"«Jägerinnenart» deutet doch darauf hin, dass es sich um ein weibliches Wesen handelt, das mit einer Waffe umgehen kann."*

Der Ober lächelte gequält, von der Situation offenbar überfordert.

"Ich denke, das hat mit den Pfifferlingen zu tun, welche dem Gericht beigegeben werden", versuchte er aus der Nummer zu entfliehen.

"Das scheint mir eine sinnvolle Erklärung zu sein", kam Georg dem armen Herrn Ober zu Hilfe und fragte Marianne:

"Magst du Fisch?"

"Sehr gern sogar", antwortete diese und konnte sich nicht verkneifen hinterher zu schicken:

"Das heißt also «Jägerinnenart», weil eine Frau nicht den Fisch sondern die Pfifferlinge erschossen hat!"

"Wir nehmen zweimal den Zander und bringen Sie mir bitte noch die Weinkarte. Und als Aperitif zwei Kir Royal."

Der Ober bedankte sich und verließ erleichtert den Ort des Schreckens.

"Du hast den armen Kerl ziemlich durcheinander gebracht", sagte Georg zu Marianne, *"warum machst du das?"*

"Weil die Menschen das Leben viel zu ernst nehmen", antwortete Marianne und setzte nach:

"Wie ist das mit dir?"

"Was meinst du?" antwortete Georg.

"Bringe ich dich auch durcheinander?"

Georg dachte einen Augenblick nach, bevor er antwortete. Es kam ihm in den Sinn, dass diese Frau ihn auf irgendeine Art und Weise verzauberte, die er sich nicht erklären konnte.

Obwohl sie sich erst wenige Stunden kannten, war alles so vertraut, so als würden sie sich schon ewig kennen.

"Ja, ich denke schon", antwortete Georg, *"du wirbelst mein Leben durcheinander und es gefällt mir sehr."*

"Dann ist es ja gut", antwortete Marianne, nahm ihren Kir Royal in die Hand und hielt ihn Georg entgegen.

"Lass uns auf den Beginn einer wunderbaren Freundschaft trinken!"

Mit diesem Zitat aus dem Film "Casablanca" stießen zwei Menschen an, die sich noch vor wenigen Stunden völlig fremd waren, und die in diesem Augenblick ihre Bereitschaft bekundeten sich auf ein Abenteuer mit unbekanntem Ausgang einzulassen.

****

"Ist alles zu Ihrer Zufriedenheit? Hat das Essen geschmeckt?"

Mit dieser Frage war eine junge, blonde Frau an den Tisch getreten. Georg wusste sofort, wer diese Frau war, obwohl er sie nicht kannte.

Die Ähnlichkeit mit ihrer Mutter war so groß, dass jeder Irrtum ausgeschlossen war. Diese junge Frau musste die Tochter von Heidemarie Heinze sein.

Heide Heinze, wie sie jeder im Dorf früher nannte, war die Tochter vom "Löwenwirt", dem Besitzer eines anderen Dorfgasthauses, der im Hauptberuf Landwirt war.

Und Otto Heinze, der Wirt vom Gasthaus "Krone", wie das heutige Hotel damals noch hieß, hatte die Tochter vom "Löwenwirt" geheiratet, zum großen Erstaunen der Dorfbevölkerung, weil er wesentlich älter war als die schöne Heidemarie.

"Danke der Nachfrage!" antwortete Georg und lächelte die junge Frau an, so wie er es früher getan hatte, wenn er der angebeteten Heidemarie ins Gesicht schaute.

Heidemarie war etwa zehn Jahre älter als er und unerreichbar für Georg. Er hatte jedoch nie verstanden, wie seine Angebetete, welche von seinen Gefühlen keine Ahnung hatte, diesen ungehobelten Klotz zum Mann nehmen konnte.

"Das freut mich", sagte die junge Frau, *"Sie können sich jederzeit an mich wenden, wenn ich etwas für Sie tun kann. Ansonsten wünsche ich Ihnen noch einen schönen Abend!"*

Georg und Marianne waren inzwischen beim Cognac angelangt. Er erwärmte den Körper und öffnete auch ein wenig die Seele.

"Du bist weder von hier noch bist du Deutscher", eröffnete Marianne eine Fragerunde, die nach weiteren Cognacs verlangte. *"Habe ich recht?"*

"Ich bin Österreicher; ich komme aus Wien", antwortete Georg.

"Und was machst du in deutschen Landen, Österreicher?"

"Ich habe einige private Dinge zu erledigen", antwortete Georg mit ernster Miene.

"Und darüber möchtest du natürlich nicht reden, stimmt's?"

"Nicht jetzt und nicht hier", antwortete Georg, *"aber vielleicht irgendwann. Wer weiß..."*

"Hast du Familie?"

Georg zögerte einen Augenblick, bevor er antwortete.

"Hatte ich einmal; aber das ist sehr lange her."

"Und jetzt?" fragte Marianne weiter und schaute Georg erwartungsvoll dabei an.

"Ich lebe allein, und bevor du weiter bohrst, es gibt niemand, der auf mich wartet."

"Das tut mir leid für dich", sagte Marianne und der Klang in ihrer Stimme ließ ein ehrliches Gefühl erkennen.

"Und jetzt zu dir." sagte Georg. *"Was macht eine attraktive, charmante, humorvolle Frau in dieser Einöde menschlichen Seins?"*

"Wenn das die Eingeborenen hören könnten", sagte Marianne lachend, *"die würden dich an den Marterpfahl binden!"*

"Und von wo kommst du?" fragte Georg weiter, denn das Hochdeutsch von Marianne ließ keine geographische Herkunft erkennen.

"Dat kann ich dir verzälle, ming Leevche, ich kumme us däm herrlische Rheinland, direk us Kölle!"

"Warum versteckst du diesen wunderbaren Dialekt hinter trivialem Hochdeutsch, du lecker Mädsche?" sagte Georg.

"Weil man das nicht überall versteht, mein Lieber", sagte Marianne *"ich weiß, wie das ist. Ich habe hier bis zum Tod meines Mannes gelebt und ich war mir anfangs nicht sicher, ob dieser Ort noch zu Deutschland gehört."*

"Ja", sagte Georg, *"der hiesige Dialekt verlangt schon einiges an Fantasie ab, wenn man nicht hier geboren oder aufgewachsen ist.*

Und was hat dich hierher verschlagen oder möchtest du nicht darüber reden?"

"Da gibt es nicht viel zu reden", antwortete Marianne, *"die Liebe war es, die mich nach hierher gebracht hat. Ich habe meinen späteren Mann in Köln kennen gelernt.*

Er war mit einer Delegation auf Informationsreise in Köln und da sind wir uns über den Weg gelaufen."

"Was war das für eine Delegation, was hat dein Mann beruflich gemacht?"

"Er war Verwaltungsbeamter in gehobener Position; aber was genau der Sinn dieser Köln-Reise war, das weiß ich heute nicht mehr."

"Und dann hast du deine Heimatstadt verlassen", sagte Georg, *war das nicht furchtbar schwer für dich?"*

"Natürlich", antwortete Marianne, *"aber es gab nur diesen einen Weg. Peter konnte ja beruflich nicht weg von hier. Und ich war halt so sehr verliebt..."*

"Und wieso ist dein Mann verstorben?" fragte Georg weiter. *"Er war ja wohl noch nicht so alt, nehme ich an."*

Marianne sah Georg an und ihre Augen wurden feucht.

"Bitte, entschuldige", sagte Georg, *"Ich bin ein gefühlloser Esel; es tut mir leid!"*

"Ist schon gut", sagte Marianne, *"die Erinnerung tut noch immer weh. Wir waren erst drei Jahre verheiratet, als Peter mit dem Auto tödlich verunglückte."*

"Es tut mir leid", sagte Georg, *"dass ich eine alte Wunde aufgerissen habe. Ich werde auch nicht mehr weiter fragen."*

"Ach was", sagte Marianne, *"du bestellst uns noch einen Cognac und dann erzähle ich dir den schäbigen Rest meiner Lebensgeschichte."*

"Willst du das wirklich?" fragte Georg besorgt.

"Sicher dat!" antwortete Marianne, *"beides - den Cognac und die Geschichte."*

Dann erzählte Marianne, dass die Ehe kinderlos geblieben war, und dass sie nach dem Tod ihres Mannes nach Köln zurück gegangen ist.

"Und was führt dich gerade jetzt hierher?" fragte Georg und Marianne antwortete:

"Da soll noch einmal jemand sagen, dass Neugier eine typisch weibliche Eigenschaft wäre."

Georg musste lachen und Marianne fiel mit ein.

"Warum ich gerade jetzt hierhergekommen bin, kann ich dir gar nicht genau sagen. Es könnte sein, dass ich auf den Spuren der Vergangenheit wandle, denn morgen ist der fünfundzwanzigste Todestag von Peter; also quasi «Silberwitwentum».

Es könnte aber auch sein, dass mich das Schicksal hierher geführt hat, um einen Mann kennen zu lernen, der mein Leben grundlegend verändern wird. Wer weiß das schon. Oder weißt du es, mein Österreicher?"

Als sie das sagte, schaute Marianne Georg tief in die Augen, so als wolle sie eine Antwort darin finden.

Dann nahm sie ihr Glas, leerte es in einem Zug und sagte:

"Siehst du, mein lieber Georg, du weißt es auch nicht. Darum gehe ich jetzt schlafen. Ich wünsche dir eine gute Nacht und träume süß von dem lecker Mädsche us Kölle!"

Georg konnte gar nicht wirklich reagieren. Der Abgang von Marianne war so abrupt, dass er nur noch ein "Gute Nacht!" hinterher schicken konnte.

Marianne hatte ihn zum ersten Mal bei seinem Vornamen genannt. Und die Art wie sie "Georg" sagte klang ganz wunderbar für seine Ohren.

Es war gut so, dass jeder die Nacht im eigenen Zimmer verbringen würde, obwohl sich bei Georg im Verlaufe des Abends schon ganz andere Gedanken angemeldet hatten.

Und vielleicht war es bei Marianne ähnlich. Es konnte ja durchaus sein, dass man irgendwann in den kommenden Tagen darüber reden würde. Oder auch nicht...

****

"Gut geschlafen?"

Mit diesen Worten begrüßte Georg Marianne, als sie zum Frühstück erschien.

*"Danke, ja", a*ntwortete Marianne. *"Es war wohl etwas viel gestern Abend. Gibt es etwas, für das ich mich schämen müsste oder gar entschuldigen?"*

"Um Gottes willen, nein", antwortete Georg. *"Du bist nur so schnell verschwunden, dass ich dir für den schönen Abend gar nicht danken konnte."*

Georg stand auf und küsste Marianne auf die Wangen.

"Auf diese Art bekunden wir in Wien Menschen, die wir mögen, unsere Sympathie", sagte Georg, worauf Marianne Georg auf den Mund küsste und sagte:

"Und so machen wir das in Köln!"

"Ich hoffe, mein Bart hat dich nicht gestört", sagte Georg mit einem breiten Grinsen.

"Ae Bützche ohne Bât es wie n Ei ohne Salz."

"Das musst mir jetzt aber übersetzen!" sagte Georg.

"Ein Kuss ohne Bart ist wie ein Ei ohne Salz."

"Ich nehme an, ich bin nicht der erste Mann mit Bart, der dich küsst", antwortete Georg.

"Sicher nicht", antwortete Marianne, *"aber es war noch keiner so gepflegt wie deiner."*

Georg trug schon seit vielen Jahren einen Bart, und er hatte schon öfter erwogen ihn abzurasieren. Aber in diesem Augenblick war er froh darüber es nicht getan zu haben.

"Werden wir heute gemeinsam etwas unternehmen?" fragte Georg.

"Das geht nicht", antwortete Marianne, *"ich habe leider schon etwas vor. Aber wir könnten uns am Abend in der Sauna treffen und hinterher zusammen essen."*

"Sehr gern", antwortete Georg, *"wäre 19 Uhr in Ordnung?"*

"Aber ja", antwortete Marianne, *"ich freue mich schon darauf."*

****

"Guten Morgen, Herr Marburger, haben Sie gut geschlafen?"

Es war Birgit Heller, die Chefin des Hauses, welche Georg über den Weg lief, als er gerade das Hotel verlassen wollte.

"Sehr gut, vielen Dank." sagte Georg und wollte gehen.

"Haben Sie sich unser Hotel schon näher angeschaut?" fragte Frau Heller, und bevor Georg antworten konnte, sagte sie weiter:

"Ich würde Sie gern herum führen, wenn Sie Zeit und Lust hätten."

"Sollte die junge Frau erkannt haben, wer er wirklich war?" fragte sich Georg, dem die Einladung einer Führung durch das Hotel etwas eigenartig vorkam.

"Ich nehme Ihre Einladung sehr gern an", sagte Georg und fragte dann:

"Machen Sie das mit allen Gästen?"

"Nein, nicht wirklich", antwortete Birgit Heller, *"nur mit ganz besonderen Gästen, wie Sie einer sind."*

"Was ist denn an mir so besonders?" fragte Georg, dessen Argwohn immer mehr zunahm.

"Dass Sie aus Wien sind", antwortete die Hotelchefin, *"aus der Stadt, in die ich schon immer einmal reisen wollte, es aber noch nie geschafft habe."*

Der Argwohn Georgs verflüchtigte sich allmählich, kam aber sofort wieder, als er in die "Bauernstube" geführt wurde.

Als er den Raum betrat, fühlte er sich in die Zeit zurück versetzt, als er selbst noch Gast in dieser Räumlichkeit war. An den Wänden hingen Fotografien aus jenen Tagen mit Bildern der Familie und von Gästen aus dem Dorf.

"So sah das früher einmal aus, bevor wir unser Hotel gebaut haben. Und das sind meine Eltern Otto und Heidemarie Heinze."

Als Georg das Bild von den früheren Wirtsleuten sah, kamen viele Erinnerungen hoch.

Da war zum einen der ständig jammernde Wirt Otto, im Hauptberuf Bauer, der offenkundig förmlich am Hungertuch nagen musste, wenn man seinen Ausführungen Glauben schenken wollte, weil die EU ihm keine Zuschüsse gab.

Und da war zum anderen eine junge, lebenslustige Wirtin, welche den Gästen stets mit einem Lächeln begegnete, und die ihren raunzenden Gatten gelegentlich einzubremsen versuchte, wenn dieser nach getaner Feldarbeit in seiner Arbeitskluft im Gastraum erschien und die Stammtischbrüder begrüßte.

Georg fragte sich jedes Mal wieder, wie diese bewundernswerte Frau diesen Klotz von Mann ehelichen konnte.

Es war wohl der Originalstammtisch, der in der Bauernstube stand, natürlich hergerichtet und aufbereitet. Auch der große Aschenbecher mit dem kleinen Schild aus Kupfer mit der Aufschrift "Stammtisch" schien noch das Original zu sein.

Als hätte Frau Heller Georgs Gedanken gelesen, sagte sie:

"Das sind zum Teil noch die Originalmöbel aus der Zeit vor dem Umbau".

"Leben Ihre Eltern noch?" fragte Georg.

"Mein Vater ist schon verstorben; aber meine Mutter lebt noch", antwortete Frau Heller.

"Das ist schön", antwortete Georg, *"hilft sie noch mit im Hotel?"*

"Nein, das geht nicht", antwortete Frau Heller, *"meine Mutter ist dement. Sie lebt in einem Heim in der Nähe."*

"Das tut mir leid", sagte Georg, und nach einer kleinen Pause:

"Könnte ich mir in Ruhe noch die anderen Bilder anschauen?"

"Aber ja, lassen Sie sich Zeit. Ich werde Sie dann allein lassen."

"Das ist nett", sagte Georg, *"und noch vielen Dank für die Führung!"*

"Habe ich gern gemacht", sagte Frau Heller und verließ den Raum.

Georg wandte sich den Bildern zu. Schon beim ersten musste er lächeln. Da waren sie wieder, die Bilder aus der Vergangenheit.

Die Honoratioren der Gemeinde um den Stammtisch versammelt: Direktor i.R. Karl Möller, der kahlköpfige Schwiegervater des Steuerberaters Edwin Fronz, der kein eingesessener Filterberger war, aber die Wichtigkeit in Person.

Erwin Hügel, der Ratsschreiber der Gemeinde, stets mit einer Fliege bekleidet statt mit einer Krawatte.

Karl Brenner, Sattlermeister und stellvertretender Kommandant der freiwilligen Feuerwehr Filterberg.

Herbert Schuler, Friseurmeister und Kassierer des Männergesangvereins und der kleinste der Stammtischbrüder.

Helmut Brauer, Metzgermeister und alljährlicher Schützenkönig. Und Lieferant der Würste für die Dorffestivitäten.

Last but not least noch der Underdog in der Runde, Manfred Ritter, Gemeindearbeiter und bekennender Kommunist.

Keiner mochte den Nervtöter; aber keiner hatte den Mut ihn des Platzes zu verweisen. Er hätte sich auch wohl kaum vertreiben lassen. Und hinzu kam, dass er der Schwager des Wirts war.

Als Georg vor das Hotel trat und sich dessen prächtige Fassade vor Augen führte, kam ihm wieder einmal in den Sinn, dass dieses Protzgebilde nicht wirklich zum Gesamtbild eines kleinen Dorfes passte.

Er musste daran denken, wie das alles noch aussah, als er als kleiner Bub durch das Dorf marschierte und er manchmal gefragt wurde:

"Wem khörschendu? (Wem gehörst du denn?)"

Die Frage war dahingehend ausgerichtet den Namen der Eltern in Erfahrung zu bringen, ohne allzu viele Worte dafür zu verwenden.

"Meine Mama heißt Friederike Marburger", kam von mir die Antwort unter Verwendung von Subjekt, Prädikat und Objekt.

Diese Antwort bewirkte totales Unverständnis und der oder die Fragende versuchte auf andere Weise Licht ins Dunkel zu bringen.

"Wo wonschendu? (Wo wohnst du denn?)"

"In der Hauptstraße 207", antwortete ich und fügte hinzu:

"Das ist das kleine Haus neben dem Kolonialwarengeschäft Krieger."

Erkenntnis zeichnete sich im Gesicht des wissbegierigen Gegenübers ab und die Bestätigung erfolgte in dem leichten Vorwurf:

"Warum hoschn net glei gsat, dass du der Schobers Fritzi khersch? (Warum hast du nicht gleich gesagt, dass du der Sohn von Friederike Schober bist?)"

Ein leichtes Schuldgefühl erwachte in meiner schmalen Brust, denn in jenen Tagen hatte ich noch eine "Nachkriegsfigur".

Wenn ich auch erst kurz nach Kriegsende geboren wurde, so konnte man mir doch die Folgen der Lebensmittelknappheit deutlich an meinen Rippen ablesen.

Meine Mutter hatte sich scheiden lassen, als ich noch zu klein war, um mich an meinen Vater erinnern zu können. Das Einzige, was mir von ihm geblieben war, das war sein Name.

Dieser war jedoch im Dorf nicht allzu gegenwärtig. Den Namen "Schober" kannte man sehr wohl, war er doch alteingesessen. Hingegen "Marburger" kannte kein Mensch; von wenigen Involvierten abgesehen.

Und jetzt, einige Jahrzehnte später, war er wieder hier, und niemand fragte ihn, "wem er denn gehöre".

Georg war erleichtert, dass ihn die Tochter der alten "Krone" und jetzige Hotelchefin nicht erkannt hatte.

So konnte er sich unbeachtet und ungehindert im Dorf bewegen, das einstmals seine Heimat gewesen war.

****

"Wie war dein Tag?"

Mit dieser Frage begrüßte Marianne Georg, als sie die Kammer des Kräuterdampfbades betrat.

"Ohne besondere Höhepunkte", antwortete Georg und zog sich das Badetuch reflexartig über den Bauch.

"Du machst es ja schon wieder", sagte Marianne lachend in Anspielung auf das gleiche Verhalten vom Vortag. *"Du kannst deinen kleinen Freund ruhig atmen lassen. Dein Körper gehört heute Nacht ja sowieso mir!"*

Georg schluckte. So sehr ihm Mariannes direkte Art auch gefiel; ein wenig verunsicherte sie ihn doch.

"Habe ich dich erschreckt, ming Leevche?"

Marianne sah Georg an und streckte ihre Hand zu ihm hinüber. Georg ergriff Mariannes Hand.

"Weißt du", sagte sie, *"wir beide sind ja nun nicht mehr so taufrisch. Und wir sind auch in einem Alter, wo wir nichts und niemand mehr irgendetwas beweisen müssen. Oder siehst du das anders?"*

"Nein, du Perle vom Rhein", antwortete Georg, *"ich sehe das genauso wie du."*

"Das freut mich sehr, Österreicher", fuhr Marianne fort, *"und deshalb bin ich so wie ich bin und ich mache was ich will. Und ich lade dich herzlich ein mitzumachen!"*

"Einladung angenommen!" antwortete Georg und schlug demonstrativ sein Badetuch zur Seite.

"So isset jut", sagte Marianne, *"jetzt können sich «Klein-Georg» und «Klein-Nanni» etwas näher kennenlernen. Das ist quasi ihre Verlobung und die Hochzeit erfolgt dann heute Nacht."*

"Klein-Nanni?" wiederholte Georg.

"So nannte mich meine Mutter, als ich klein war", sagte Marianne und ein wenig Wehmut klang in ihrer Stimme mit.

"Das gefällt mir", sagte Georg, *"hättest du etwas dagegen, wenn ich dich auch so nennen würde?"*

"Im Gegenteil", antwortete Marianne, *"ich würde mich sehr darüber freuen."*

"Ich bin sehr froh, dass wir uns getroffen haben, Nanni!"

"Das geht mir genauso", sagte Marianne und fügte hinzu:

"Ich habe schon mächtig Kohldampf, mein schwitzender Held. Wie isset mit dir?"

"Jetzt, da du mich so fragst", antwortete Georg, *"ich denke, ein kleiner Happen wäre nicht schlecht."*

"Was?" Nur ein kleiner Happen? Das ist mir zu wenig", antwortete Marianne, *"ich will mehr!"*

Als sie später beim Essen saßen, kam der Ober und brachte die Speisekarte. Es war derselbe wie am Vortag und er hatte sich dem Tisch mit einem leichten Unbehagen genähert.

"Guten Abend, die Herrschaften", sagte er, *"ich hoffe, Sie hatten einen schönen Tag."*

"Ja, den hatten wir, mein Lieber", antwortete Marianne, *"und keine Angst, heute möchten wir keine Empfehlung von Ihnen; denn wir wissen schon, was wir bestellen werden."*

"Aha", sagte der Ober sichtlich erleichtert, *"und was darf ich Ihnen bringen?"*

"Zweimal das Steak vom Hochlandrind mit Speckbohnen und Bratkartoffeln. Und dazu ein frisch gezapftes Bier."

"Sehr gern, meine Herrschaften, das Bier kommt sofort", sagte der Ober, verneigte sich dezent und verschwand.

Georg schaute entgeistert in Mariannes Gesicht.

"Was war das denn gerade eben?" fragte er sie.

"In Köln sagen wir Bestellung dazu", sagte sie lächelnd, *"aber wie das hier heißt, das weiß ich nit."*

Georg musste lächeln, ob er wollte oder nicht. Diese Frau war einfach unglaublich. Es gefiel ihm, dass Marianne immer wieder einmal ein kleines Stückchen Mundart in ihr Sprechen einfließen ließ. Es verlieh ihm einen eigenen Charme.

"Das meinte ich nicht", sagte Georg und Marianne antwortete:

"Das weiß ich doch, ming Leevche."

Als der Ober das Essen brachte, war Georg sichtlich erleichtert, als er die Größe des Fleisches sah. Es war keine Riesenportion, wie man sie in Steakhäusern aufzutischen pflegt. Alles war überschaubar; auch die Bohnen und die Kartoffeln.

"Dann hau mal tüchtig rein, Österreicher", sagte Marianne, *"damit du genug Kraft für den Nachtisch hast."*

"Welchen Nachtisch?" fragte Georg etwas zögerlich.

"Es gibt «Flambierte Frau» zum Nachtisch", antwortete Marianne, *"das magst du doch, oder?"*

Die laszive Sprache und der sündige Blick in Mariannes Augen ließen keinen Zweifel darüber, was Georg wohl in nächster Zeit erwarten würde.

Und das Gefühl, welches sich gerade eben unterhalb seines Bauchnabels zu formieren begann, bestätigte seine Vermutung.

"Freust du dich schon darauf?" fragte Marianne, und es machte fast den Eindruck, als wäre sie der Erregung Georgs gewahr geworden.

"Ja", antwortete Georg, *"sehr sogar!"*

"Richtige Antwort", sagte Marianne und lachte. *"Dann wäre nur noch eine Frage zu klären."*

"Und welche?"

"Zu dir oder zu mir?"

Georg verspürte auf einmal, wie ein seltsames Gefühl in ihm aufstieg.

"Es muss wohl Liebe sein", dachte er bei sich, *"wie sonst könnte man die Vertrautheit und das Wohlgefühl erklären, wenn man in ihrer Nähe ist."*

"Was ist jetzt, Österreicher? Zu dir oder zu mir?"

"Ich überlasse es dir, liebste Nanni!"

Marianne hielt kurz inne. Dann sagte sie:

"Es klingt schön, wie du Nanni sagst und es berührt mich sehr."

Als Marianne das sagte, war sie für einen kleinen Augenblick der kleine "Pänz us Kölle".

"Und? Wohin geht jetzt die Reise?" fragte Georg.

"Das kommt ganz darauf an", antwortete Marianne. *"Was hast du für ein Bett?"*

"Ich verstehe die Frage nicht", antwortete Georg, *"ich habe ein ganz normales Bett..."*

"Siehst du", sagte Marianne, *"das habe ich mir fast gedacht."*

"Ja, und?" sagte Georg verwundert.

"Ich habe ein Grand Lit", antwortete Marianne, *"ein französisches Bett, gemacht für Grand Amour."*

"Jetzt verstehe ich alles", sagte Georg, *"dann gehen wir wohl zu dir."*

"So ist es, mein Lipizzaner-Hengst", flüsterte Marianne Georg leise ins Ohr, *"ich erwarte dich in einer Viertelstunde mit Pyjama und Zahnbürste. Heute Nacht schläfst du bei mir!"*

****

"Du musst Geduld mit mir haben", sagte Georg, als er sich neben Marianne legte. *"Es ist sehr lange her, dass ich mit einer Frau geschlafen habe."*

"Mache dir keine Gedanken, ming Leevche", sagte Marianne, *"ich werde dich behutsam und sanft durch diese Nacht geleiten."*

Marianne schmiegte sich an Georg und liebkoste ihn. Und schon nach wenigen Augenblicken hatten sich alle Bedenken und Ängste in Luft aufgelöst und waren einem Rausch der Sinne gewichen.

"War es schön für dich?" fragte Marianne.

Die Frage erübrigte sich, denn Georg war unübersehbar glücklich. Er strahlte Marianne an und nickte.

"Ich hätte nicht zu träumen gewagt, dass es so etwas für mich noch gibt", sagte er nach einer Weile.

"Das ist schön", sagte Marianne und stieg aus dem Bett. Sie ging zu der kleinen Minibar und entnahm ihr eine Flasche Mineralwasser.

Als sie sich umwandte, um wieder zum Bett zurück zu kommen, sah Georg auf ihren nackten Körper. Marianne bewegte sich auf eine Art, die frei von jeder Scham war.

Marianne hatte Georgs Blick bemerkt und sagte:

"Warum schaust du mich so an?"

"Weil ich deine Natürlichkeit bewundere und weil du wunderschön bist."

Marianne war etwas verwirrt von dieser Aussage und es spiegelte sich auch in ihrer flapsigen Antwort wieder:

"Genau das wollte ich hören!"

"Hast du auch Durst?"

Marianne hatte das Mineralwasser in ein Glas gegeben und reichte es Georg hin.

"Sehr sogar", antwortete Georg und leerte das Glas in einem Zug.

"Was glaubst du, Österreicher? Wie sieht unsere Zukunft aus? Haben wir vielleicht sogar eine gemeinsame Zukunft?"

Diese Frage traf Georg wie ein Keulenschlag. Mit einer solchen Frage hätte er niemals gerechnet; zumindest nicht so bald.

"Bevor ich mich auf diese Frage einlasse, musst du Einiges über mich erfahren", sagte Georg und wurde auf einmal sehr ernst.

"Habe ich etwas falsch gemacht?" fragte Marianne besorgt, welcher die plötzliche Änderung von Georgs Gemütsverfassung aufgefallen war.

"Nein, mein Engel", antwortete Georg, *"du kannst gar nichts falsch machen."*

"Da wäre ich mir nicht so sicher", lag es Marianne auf der Zunge; sie sprach es jedoch nicht aus.

"Du hast mir schon erzählt, wer und was du bist", fuhr Georg fort, *"nun ist es an mir, dir meine Lebensgeschichte zu erzählen:*

Ich habe jung geheiratet, zu jung wahrscheinlich. Dann wurde ich Vater; zweimal. Erst ein Junge und vier Jahre später ein Mädchen.

Mein Leben schien vollkommen zu sein; aber es war nicht so. Ich war völlig überfordert. Sowohl als Ehemann wie auch als Vater.

Ich wollte alles gut und richtig machen; aber das Gegenteil war der Fall. Das ging auch nicht lange gut. Meine Frau und ich entzweiten uns immer mehr.

Es kam, wie es kommen musste. Viel Alkohol, andere Frauen und irgendwann später als Krönung die Scheidung.

Meine Frau bekam das Sorgerecht für die Kinder, und ich hatte meine Freiheit wieder. Die habe ich dann auch genossen.

Ich habe irgendwann sogar eine Frau kennengelernt, von der ich glaubte, sie wäre die Frau meines Lebens. Zumindest dachte ich das; bis ich sie mit einem anderen erwischte..."

Georg stockte. Es fiel ihm schwer weiter zu reden. Marianne nahm seine Hand und küsste sie.

"Du musst nicht darüber reden, wenn es dir zu schwer fällt."

"Ich möchte es aber", sagte Georg, *"es ist mir wichtig."*

Nach einer kurzen Pause fuhr er fort:

"Den Glauben an das Gute hatte ich damals verloren. Und mit dem Thema «Frau» war ich endgültig durch.

Ich stürzte ich mich in die Arbeit. So blieb keine Zeit mehr zum Nachdenken. Ich übernahm sogar Sonderschichten als Rettungsarzt.

Das ging so lange gut, bis ich zusammenbrach. Burnout hieß die Diagnose. Es folgten Reha und endlose Sitzungen beim Psychologen."

"Das ist ja furchtbar, mein armer Schatz", sagte Marianne, *"ich hoffe, du gibst uns beiden eine Chance. Nicht alle Frauen sind schlecht. Und die Liebe ist immer ein Risiko."*

Georg lächelte. Er fühlte sich erleichtert. Er hatte zum ersten Mal mit einem Menschen darüber gesprochen. Es war, als hätte man einen großen Stein von seiner Seele gewälzt.

"Ich werde deine wunde Seele heilen; wenn du mich lässt. Ich werde dich solange mit Liebe behandeln, bis die Wunde für immer geschlossen ist".

"Das klingt schön", sagte Georg, *"das klingt wie eine schöne Geschichte aus einem großen Märchenbuch. Bitte, lies mir mehr daraus vor!"*

"Das will ich gerne tun, Liebster", sagte Marianne, *"aber für heute ist Schluss. Jetzt heißt es Zähne putzen und dann ab in die Heia!"*

Wenig später ging das Licht aus im Zimmer 220 des Hotels "Zu den drei Kronen", und zwei Menschen, die sich noch vor wenigen Tagen völlig fremd waren, schliefen engumschlungen ein.

****

"Ich habe heute etwas zu erledigen", sagte Georg beim Frühstück, *"und ich bitte dich mir nicht böse zu sein, wenn ich jetzt nichts Genaueres dazu sage."*

"Das heißt, du willst heute deine Ruhe vor mir haben? Kein Problem; ich werde mir schon jemand finden."

Da war sie wieder, die lustige, unbeschwerte Art der rheinischen Frohnatur. Marianne erkannte an Georgs Blick, dass sie gerade das falsche Register gezogen hatte und beeilte sich das zu korrigieren.

"Es ist völlig in Ordnung, mein Schatz. Ich bin dir doch deswegen nicht böse. Erledige du deinen Kram, und wir sehen uns spätestens am Abend wieder in der Sauna, wenn du möchtest".

"Ja, so machen wir das. Und danke Nanni!"

Die Bezeichnung "Kram", welche Marianne gerade gewählt hatte, passte wohl recht gut zu dem, was Georg vorhatte.

Er hatte Stefan und Petra, seinen beiden Kindern ein Telegramm geschickt, weil sie normale Briefpost stets ungeöffnet - mit dem Vermerk "Annahme verweigert" - an ihn zurück geschickt hatten.

In dem Telegramm hatte er um ein Treffen in der nahen Stadt gebeten, unter der Prämisse Erbangelegenheiten mit ihnen besprechen zu wollen.

Er war sich nicht sicher, ob sie seiner Einladung folgen würden, hoffte aber, dass der Faktor "Erbangelegenheiten" genügend Anziehungskraft hätte.

Was Geld betraf, so hatten sie ihn noch vor einigen Jahren angeschrieben, mit der Bitte um finanzielle Unterstützung.

Bei Stefan war es ein neues Auto und bei Petra Starthilfe für eine Boutique. Es war in der Zeit, als es Georg sehr schlecht ging.

Die Bittbriefe erreichten ihn während seines Reha-Aufenthaltes. Als Georg um einen Besuch in der Klink bat, schlief die kurz aufgeflammte Verbindung abrupt ein.

Georg hatte in den Telegrammen seine Handynummer angegeben, und Petra hatte ihn tatsächlich angerufen.

Obwohl Stefan der ältere der Geschwister war, war es Petra, welche für beide sprach. Sie machte mit Georg einen Termin aus und dieser Termin war heute.

Georg fuhr mit einem indifferenten Gefühl zu diesem Treffen. Er wusste noch nicht einmal, wie seine Kinder aussehen würden. Er hatte sie seit der Trennung von ihrer Mutter nicht mehr gesehen.

Er hatte irgendwann damit begonnen sich Vorwürfe darüber zu machen, dass er sich damals sang- und klanglos aus seiner Familie ausgeklinkt hatte.

Diese Einsicht kam jedoch viel zu spät. Die Kinder hatten schon bald nach seiner Trennung einen neuen, besseren Vater bekommen, und Georg mutierte in ihren Augen vom Vater zum Erzeuger.

Obwohl er beides war, blieb ihm nur noch der Status des Erzeugers. Geächtet und ohne Rechte.

Georg hatte Petra ein Bild von sich auf ihr Handy geschickt, damit sie ihn erkennen könnte. Eine ebensolche Handlung seitens der Tochter blieb aber aus.

Als die beiden Kinder den Raum des Gasthauses betraten, in welchem man sich treffen wollte, erkannte Georg seine Tochter sofort.

Es war nicht so sehr das Aussehen von Petra, es war vielmehr die Art und Weise ihres Auftretens.

Sie ging "straight ahead" auf den Tisch zu, an welchem Georg saß, und mit einem knappen "Hallo" nahm sie daran Platz.

Im Gegensatz zu seiner Schwester, streckte Stefan seinem Vater die Hand zur Begrüßung entgegen.

Georg ergriff sie freudig und er glaubte ein kleines Lächeln in Stefans Gesicht zu entdecken.

"Ich freue mich sehr, dass ihr gekommen seid", sagte Georg, wurde aber sofort von Petra harsch unterbrochen.

"Wir haben nicht viel Zeit, und es wäre schön, wenn wir gleich zur Sache kommen könnten."

Georg spürte, wie ihm das Blut in den Kopf schoss und seine Schläfen hämmerten wie wild.

Er hatte ja nicht erwartet, dass ihm seine Kinder um den Hals fallen würden; aber das hatte er ganz sicherlich nicht erwartet.

"Aber ein wenig Zeit werdet ihr ja wohl haben", sagte Georg, und bevor Petra zum nächsten Schlag ausholen konnte, hatte Stefan bereits "JA" gesagt.

Georg hatte geplant seine Kinder zu fragen, wie es ihnen gehe, ob sie Familie hätten und Ähnliches.

Er beließ es aber dabei sich nach ihrer Mutter zu erkundigen.

"Das geht dich nichts an", giftete Petra, *"und ich kann mir nicht vorstellen, dass dich das wirklich interessiert."*

Georg hätte sich an dieser Stelle nicht gewundert, wenn ihn seine Tochter mit "Sie" angesprochen hätte. Er fragte sich, wie viel Hass in der Seele dieses Wesens stecken musste, das er als Säugling gebadet, gewickelt und gefüttert hatte.

Plötzlich zog Stefan ein Bild aus der Tasche und hielt es Georg hin.

"Das ist Verena, meine Frau, und diese drei sind deine Enkelkinder Lukas, Thomas und Sabine."

Petra war kurz davor Schaum vor dem Mund zu haben oder Feuer zu speien. Sie begnügte sich aber mit einem zürnenden Blick auf ihren großen Bruder.

"Was gibt es Wichtiges, weshalb wir hierher kommen mussten?" unterbrach sie diesen für Georg so kostbaren Moment.

Georg fühlte Wut in sich hochsteigen, beherrschte sich aber soweit, dass er sagte:

"Es hat dich keiner gezwungen zu kommen. Und wenn es dir so zuwider ist, dann kannst du ja gehen. Wir können aber auch eine Kleinigkeit essen und trinken und uns wie zivilisierte Erwachsene benehmen."

"Das finde ich auch", kam die Unterstützung von Stefan, und als Zeichen des guten Willens rief er den Kellner und bestellte ein Glas Wein.

"Für mich einen Kaffee, bitte", schloss sich Petra an, die sich anschickte einen Gang herunter zu schalten.

"Ich möchte euch nun den Grund unseres Treffens darlegen", begann Georg seine Ausführungen, und er erzählte von seinem Burnout und von einem Tumor, der vor einiger Zeit in seinem Kopf entdeckt wurde.

Ein Tumor, der ständig wächst, und der durch seine zu späte Entdeckung inoperabel geworden war. Die Prognose für seine Erlebenserwartung wäre nur schwer zu erstellen, aber man habe ihm geraten die Dinge zu ordnen, die ihm wichtig wären.

Während Petra wie versteinert da saß, stiegen Stefan Tränen in die Augen.

"Das tut mir sehr leid, Vater", sagte er, und Georg musste an sich halten, dass er nicht laut aufschrie.

Wie oft hatte er sich in den vielen Jahren davor gewünscht Vater sein zu können und wie sehr hatte er darunter gelitten es nicht sein zu dürfen. Und gerade in diesem Augenblick hat ein erwachsener Mann, den er vor langer Zeit im Stich gelassen hatte, "Vater" zu ihm gesagt.

"Das ist sehr lieb von dir, mein Junge", sagte Georg und Tränen rannen ihm dabei über das Gesicht.

"Da kann man wohl nichts machen", sagte Petra in einem sterilen, analytischen Tonfall, frei von jedweder menschlicher Regung.

Diesmal war es Stefan, der seine Schwester anblickte. Nicht strafend, wie zuvor Petra ihn angeblickt hatte, verständnislos und vielleicht auch ein wenig mitleidsvoll.

Er konnte nicht verstehen, dass ein Mensch so gefühllos sein konnte. Petra war es auch, die ihren Bruder in all den Jahren dahingehend beeinflusst hatte keinen Kontakt zu ihrem leiblichen Vater aufzubauen.

Und Stefan bereute es in diesem Augenblick zutiefst, dass er sich dem Einfluss der Schwester gebeugt hatte. Hinzu kam jedoch, dass auch seine Mutter in die Kerbe der Schwester schlug. Es war blinder Hass, der die beiden verband.

"Können wir irgendetwas für dich tun?" fragte Stefan, in der Hoffnung in Petra einen kleinen Funken der Nächstenliebe zu entfachen.

Bevor Petra das Angebot ihres Bruders korrigieren konnte, antwortete Georg:

"Nein, es ist alles gut so wie es ist. Ich werde sterben und ihr werdet erben."

Stefan war aufgestanden. Er ging in Richtung Toiletten, weil er das Gefühl hatte sich übergeben zu müssen.

"Was gibt es denn zu erben?" fragte Petra und sah Georg erwartungsvoll dabei an.

"Das besprechen wir, wenn dein Bruder wieder da ist", sagte Georg und Petra antwortete:

"Ich muss jetzt wirklich los; ich sitze schon viel zu lange hier."

Dann nahm sie eine Visitenkarte aus der Tasche und kritzelte etwas auf die Rückseite.

"Hier hast du meine Adresse und meine Bankverbindung. Auf dieses Konto kannst du mir ja meinen Erbanteil überweisen. Und alles andere kannst du mit meinem großen Bruder besprechen."

Danach stand sie auf und ohne einen Gruß verließ sie das Lokal.

Georg saß wie versteinert da. Dass er keine große Liebe von Petra erwarten konnte, war ihm durchaus bewusst. Aber dass ihm geballter Hass entgegen schlagen würde, damit hatte er nicht gerechnet.

"Wo ist Petra?" fragte Stefan, als er von der Toilette zurück kam.

"Deine Schwester hat mich mit all ihrem großen Hass zurück gelassen", antwortete Georg.

"Du bist ja ganz blass", sagte Stefan, *"soll ich einen Arzt rufen?"*

"Nein, nein; es geht schon wieder", antwortete Georg und schaute in das Gesicht seines Sohnes.

"Deine Schwester war schon als Kind so", sagte er weiter, *"immer auf Konfrontation aus; ganz im Ge-*

gensatz zu dir. Und wie es aussieht, hat sich das nicht geändert."

"Es tut mir leid", sagte Stefan, *"ich wünschte, es wäre anders..."*

"Du bist ein guter Junge", sagte Georg, und am liebsten hätte er seinen Sohn in den Arm genommen; traute sich aber nicht.

"Ich hoffe nur, du hattest es gut bei deinem anderen Vater."

"Ja, Peter war in Ordnung. Er hat sich sehr um uns gekümmert. Und trotzdem habe ich dich vermisst."

"Aber du warst doch noch sehr klein, als ich euch verlassen habe", sagte Georg erstaunt.

"Ich war schon fast sechs Jahre alt", wandte Stefan ein, *"und ich kann mich noch an vieles erinnern."*

"Sind da auch schöne Dinge dabei?" fragte Georg.

"Oh ja", antwortete Stefan. *"Kannst du dich noch an die Spielkiste erinnern, die du für uns gebastelt hast? Mit den schönen aufgemalten Figuren?"*

Georg musste lächeln. Er nickte und ein warmes Gefühl durchströmte ihn.

"Die habe ich noch. Und jetzt gehört sie deinen Enkeln."

Georg kämpfte gegen seine Tränen, die sich aber nicht halten ließen. Stefan legte seine Hand auf Georgs Arm.

"Malst du noch?"

"Nein, schon lange nicht mehr. Ich glaube die Spielkiste war meine letzte Malarbeit", antwortete Georg.

"Das ist schade. Mutter hat noch immer ein Bild von dir an der Wand hängen."

"Welches?" wollte Georg wissen.

"Das Portrait, das du von ihr und uns Kindern gemalt hast."

Wieder stiegen die Tränen in Georg auf. Es schnürte ihm die Kehle zu, als er fragte:

"Wie geht es deiner Mutter?"

"Nicht so gut", sagte Stefan. *"Sie hat den Tod von Peter nie verwunden."*

"Das tut mir leid", sagte Georg, *"das wusste ich nicht."*

"Das konntest du ja nicht wissen", sagte Stefan, *"Peter ist ausgerechnet an Mutters Geburtstag gestorben."*

"Aber er kann doch noch gar nicht so alt gewesen sein", sagte Georg.

"Nein", antwortete Stefan, *"er war einundsechzig, also ein Jahr älter als Mutter. Es war ein Herzinfarkt."*

"Dann war das ja der sechzigste Geburtstag deiner Mutter?"

"Ja", antwortete Stefan, *"und es war der letzte Geburtstag, den sie feierte."*

"Das tut mir alles schrecklich leid", sagte Georg, *"für deine Mutter; aber auch für dich und Petra."*

Georg bemerkte, wie ein scheinbar bewältigtes Gefühl wieder zu neuem Leben erwachte: Schuld.

Er hatte über viele Jahre dagegen angekämpft und irgendwann war es ihm gelungen sich selbst zu verzeihen. Und in diesem Augenblick war die alte Wunde wieder aufgebrochen.

"Ich werde mir das nie verzeihen..." murmelte er vor sich hin und er wiederholte es immer wieder.

"Vater, Vater! Was ist mir dir? sprich mit mir!"

Stefans Stimme drang nur schwer zu Georg durch. Georg sah seinen Sohn wie durch einen Schleier. Dann wurde es Nacht.

"Können Sie mich hören?"

Es war die Stimme der Wirtin, die über ihm gebeugt stand. Georg lag auf der Sitzbank hinter dem Tisch, an dem er mit Stefan saß.

Die Wirtin hatte ihm ein Kissen unter den Kopf geschoben und ihm so lange die Wange getätschelt, bis er wieder munter wurde.

"Was machen Sie denn für Sachen?" fragte sie Georg lächelnd, *"sollen wir einen Arzt rufen?"*

"Das ist nicht nötig", antwortete Georg, *"nur ein kleiner Schwächeanfall; es geht mir schon wieder gut."*

"Dann trinken Sie das jetzt!" sagte sie und hielt Georg ein Glas Cognac entgegen. *"Das weckt die Lebensgeister."*

Georg kam der Aufforderung der Wirtin nach. Ein Widerspruch hätte wohl auch wenig Wirkung gehabt.

"Das ist mir sehr unangenehm", sagte Georg, nachdem sich die Wirtin wieder entfernt hatte. *"Bitte, entschuldige, mein Junge!"*

"Da gibt es nichts zu entschuldigen", entgegnete Stefan. *"Alles ist gut!"*

"Es gäbe noch so viel zu sagen; aber ich bin im Augenblick nicht dazu imstande."

"Das verstehe ich", sagte Stefan, *"das holen wir irgendwann nach; wenn du möchtest."*

"Hättest du Lust mich in Filterberg zu besuchen? Ich wohne im Hotel "Zu den drei Kronen", fragte Georg.

"Das ist eine gute Idee", antwortete Stefan, *"wann wäre es dir denn recht?"*

"Was wäre mit Morgen?" fragte Georg, *"oder ist das zu plötzlich?"*

"Nein", antwortete Stefan, *"Morgen ist in Ordnung; welche Uhrzeit wäre die angenehm?"*

"Ich würde dich gern zum Mittagessen einladen, das Hotel hat eine sehr gute Küche."

"Sehr gern", antwortete Stefan, *"dann also bis morgen; ich freue mich schon darauf!"*

"Ich mich auch, mein Junge", sagte Georg, *"sehr sogar!"*

"Soll ich noch etwas bleiben?" fragte Stefan.

"Das ist nicht nötig", antwortete Georg, *"geh du nur. Ich trinke nur noch in Ruhe aus und dann fahre ich auch."*

Beide Männer erhoben sich. Georg streckte seinem Sohn die Hand zum Abschied entgegen.

Und anstatt sie zu ergreifen, umarmte Stefan seinen Vater und hielt ihn einen wunderbaren Augenblick lang umschlungen.

Georg trank seinen Wein aus, bedankte sich noch einmal ganz herzlich bei der Wirtin für ihre Fürsorge und verließ das Lokal.

Beim Hinausgehen bemerkte er eine Frau, seitlich des Eingangs sitzend und eine Zeitung vor das Gesicht haltend. Und obwohl Georg das Gesicht der Frau nicht sehen konnte, spürte er instinktiv, um wen es sich handelte.

Die Frau hatte das Lokal betreten, noch bevor Georg erschienen war. Sie hatte sich einen Platz ausgesucht, von wo sie das ganze Lokal im Blick hatte.

Es war eine Glucke, die über ihre Jungen wachen wollte, um sie vor Ungemach zu schützen. Es war Isolde, Georgs Exfrau und Mutter seiner Kinder.

Die Kinder wussten nichts davon und sie hatten sie auch nicht bemerkt. Weder beim Betreten des Lokals noch beim Verlassen.

Und obwohl Georg sicher war, wer sich hinter der Zeitung verborgen hielt, unterließ er es die Frau zu demaskieren. Er beließ es bei einem stillen Lächeln.

****

"Hallo, mein Schatz! Schön, dass du wieder da bist."

Marianne erwartete Georg in ihrer gewohnten Umgebung. Georg hatte sie nach dem Verlassen des Lokals angerufen, um seine Ankunft zu avisieren.

"Das wird mir jetzt gut tun", sagte er beim Betreten der Kräuterkammer, *"auf das habe ich mich schon sehr gefreut."*

"Hast du alles erledigen können?" fragte Marianne.

"Ja", antwortete Georg, *"es war die Hölle."*

"Wie das denn?" fragte Marianne und schaute Georg voller Entsetzen dabei an. Und dann erzählte Georg das Erlebte mit allen Einzelheiten, abgesehen von der vorübergehenden Ohnmacht.

"Deine Tochter hat einen Vater wie dich gar nicht verdient, ming Leevche", sagte Marianne, *"kränk dich nit, dat isses nit wät!"*

"Ich war kein guter Vater, Nanni", antwortete Georg, *"das ist nun einmal eine Tatsache."*

"Mag ja sein, mein Liebling", antwortete Marianne, *"aber das ist Vergangenheit. Wir leben im «Hier und Jetzt» und ich liebe dich, du wunderbarer Mann!"*

Georg sah Marianne mit großen Augen an.

"Ja", fügte sie hinzu, *"jetz isses erus!"*

"Hab ich dich erschlagen?" setzte sie nach, *"bin ich jetzt eine mentale Mörderin?"*

"Du bist ein Geschenk des Himmels", sagte Georg, *"ich weiß gar nicht, wie ich dich verdient habe."*

"Gute Antwort, Österreicher!" sagte Marianne und war wieder ganz in ihrem Element.

"Morgen kommt mein Sohn mich besuchen", sagte Georg, *"ist das für dich in Ordnung?"*

"Na klar ist das in Ordnung", antwortete Marianne, *"da brauchst du doch nicht fragen. Ich freue mich für dich."*

Georg war sichtlich überwältigt. Wieder stiegen Tränen in ihm auf.

"Bitte entschuldige, aber das ist heute alles etwas viel für mich."

"Das verstehe ich, mein Schatz", sagte Marianne. *"Und deshalb gehen wir nach dem Essen zeitig schlafen. Und ich meine nicht «miteinander schlafen».*

Ich werde dich in meine Arme nehmen, um dich und deine wunde Seele zu wärmen und euch sicher durch die Nacht zu tragen."

****

"Ich freue mich, dass du gekommen bist!"

Mit diesen Worten begrüßte Georg seinen Sohn. Er hatte bis zum Schluss Zweifel, ob Stefan wirklich kommen würde.

Als sie beim Essen waren, betrachtete Georg seinen Sohn ganz genau. Er hatte sich nicht wesentlich verändert.

Obwohl Stefan noch relativ jung war, hatte sich sein Haarwuchs schon merklich zurück genommen. Georg musste lächeln. Stefan hatte schon als Säugling keinen allzu üppigen Haarwuchs.

"Ist alles in Ordnung?" fragte Stefan, *"du schaust mich so komisch an."*

"Entschuldige bitte, Stefan", sagte Georg, *"ich hatte gerade das Bild von einem Säugling vor Augen mit spärlichen, schwarzen Haaren."*

"Der jetzt brünett ist und auf dem Weg hin zu einer Glatze", ergänzte Stefan lachend und Georg fiel mit ein.

"Na, ganz so schlimm ist es ja noch nicht", beschwichtigte Georg, *"aber schau mich an; auch mir gehen die Haare schon stark aus."*

"Man sagt ja Männern mit einer hohen Stirn eine große Intelligenz nach", sagte Georg. *"Was machst du eigentlich beruflich?"*

"Ich bin im Lehrberuf tätig", antwortete Stefan.

"Also Lehrer", sagte Georg.

"Nicht ganz", antwortete Stefan, *"ich bin Schulleiter."*

"Mein Sohn, der Herr Direktor", sagte Georg und dachte daran, dass Stefan schon als Kind das zurückhaltende, bescheidene Wesen war, das sich als Erwachsener nicht "Direktor" nennt, was ja zutreffend wäre, sondern ganz einfach nur "Schulleiter".

Das war von Anbeginn ein wesentlicher Unterschied zu seiner Schwester Petra. Sie war schon als Kleinkind dominant, vor allem ihrem älteren Bruder gegenüber.

Georg erzählte nach dem Essen seine Version der Geschichte. Sie wich in einigen, wesentlichen Dingen doch sehr von der Version ab, die Stefan von seiner Mutter kannte.

Stefan hörte seinem Vater zu ohne ihn ein einziges Mal zu unterbrechen. Georg beendete seine Ausführungen mit den Worten:

"Nun kennst du meine Version der Geschichte. Ich erwarte nicht von dir, dass du sie eins zu eins glaubst. Was dir deine Mutter erzählt hat, ist ihre Wahrheit. Und was du gerade eben gehört hast, ist meine Wahrheit. Und glaube mir bitte, eine einzige Wahrheit gibt es nicht!

Ich möchte dich nur um eines bitten; dass du mir irgendwann verzeihen kannst. Ich habe durch mein egoistisches und liebloses Verhalten vor vielen Jahren schwere Schuld auf mich geladen, und ich habe es bis auf den heutigen Tag bereut.

Sicher nicht von Anfang an. Aber mit zunehmendem Alter wurde mir meine Schuld immer mehr gegenwärtig, und ich werde sie auch mit ins Grab nehmen."

Stefan war aufgestanden und auf Georg zugegangen. Georg stand ebenfalls auf und dann umarmten die beiden Männer einander mit Tränen in den Augen.

"Ich bin glücklich, dass wir uns gefunden haben, Vater", sagte Stefan, *"und ich freue mich auf einen Neuanfang. Lass Vergangenes vergangen sein, und erfreue dich deiner Enkelkinder!"*

"Glaubst du, ich darf sie irgendwann einmal kennen lernen?" fragte Georg.

"Warum nicht heute?" antwortete Stefan, *"warum nicht jetzt?"*

Und dann deutete er auf einen Tisch etwas weiter hinten im Restaurant.

"Siehst du die hübsche Frau mit den drei Kindern?"

Und bevor Georg antworten konnte, fuhr Stefan fort:

"Das sind deine Schwiegertochter und deine Enkelkinder!"

Stefan hatte seine Familie mit nach Filterberg genommen. Er hatte mit seiner Frau ausgemacht, sie möge sich selbst einen Eindruck von ihrem Schwiegervater machen und dann entscheiden, ob sie ihn kennenlernen möchte.

Verena war irgendwann, auf dem Weg zur Toilette am Tisch vorbei gegangen, an welchem Vater und Sohn saßen, und hatte Stefan zugenickt.

Das war das vereinbarte Zeichen, dass sie einer persönlichen Begegnung zustimmte. Die Kinder wussten nicht, um was sich es handelte und warum ihr Vater bei einem fremden Mann saß.

"Schatz, darf ich dir meinen Vater vorstellen?" sagte Stefan voller Freude, *"Vater, das ist meine wunderbare Frau Verena!"*

"Ich freue mich, Sie kennen zu lernen", sagte Verena etwas verunsichert.

"Ich freue mich ebenso", sagte Georg, *"aber das «Sie» lassen wir weg. Ich heiße Georg!"*

"Sehr gern", antwortete Verena und sagte dann zu den Kindern:

"Kinder, das ist euer Großvater Georg aus Wien!"

Lukas und Thomas, die beiden älteren der Geschwister gaben ihrem neuen Großvater brav die Hand, und die kleine Sabine umarmte Georg und fragte ihn:

"Können wir dich da besuchen?"

"So oft ihr wollt. Ihr habt dort sogar ein eigenes Haus."

Stefan, Veronika und auch die beiden großen Kinder sahen Georg voller Erstaunen an.

"Ich habe etwas außerhalb von Wien ein Haus, das viel zu groß für mich ist. Ich werde es auf euch überschreiben. Mir genügt meine kleine Eigentumswohnung in der Stadt."

"Und Petra?" fragte Stefan.

"Keine Sorge", sagte Georg, *"deine Schwester wird schon nicht leer ausgehen."*

Und einmal mehr freute sich Georg über den feinen Charakterzug seines Sohnes. Und es verwunderte ihn nicht wirklich, dass er zu diesem Mann eine starke Bindung spürte, und das, obwohl Jahrzehnte der Trennung zwischen ihnen lagen.

"Wie viel Zeit habt ihr noch?" fragte Georg.

"Wir haben für heute nichts anderes mehr vor", antwortete Stefan und Verena nickte zustimmend.

"Das ist gut", sagte Georg, *"denn ich möchte euch später noch jemanden vorstellen.*

Aber bis dahin lasst uns noch etwas unternehmen. Wie wäre es mit einer Bootsfahrt auf der Rüpper?"

"Prima", rief die kleine Sabine in höchster Begeisterung und die beiden jungen Männer zuckten verlegen mit den Schultern.

"Ist das zu langweilig für euch?" fragte Georg die beiden Burschen. Sie befleißigten sich eiligst das Gegenteil zu behaupten, was jedoch nur bedingt glaubhaft wirkte.

Als sie jedoch später kurz das Ruder des Ausflugsbootes bedienen durften, da war die Begeisterung groß.

Georg hatte zuvor bei dem Kapitän vorgesprochen und ihm eine beträchtliche Geldspende für die Kaffeekasse zugesteckt.

Als sie von der Bootsfahrt zurück kamen, wurden sie schon erwartet. Georg hatte Marianne angerufen und ihr von seinem Vorhaben erzählt.

"Das ist Marianne, die letzte große Liebe meines Lebens", stellte er seine Liebste vor, und dann machte er alle miteinander bekannt.

****

"Was für ein verrückter Tag", sagte Georg, als er später mit Marianne wieder allein war. *"Das müssen wir feiern!"*

"Feiern ist meine zweitgrößte Leidenschaft", sagte Marianne mit einem Augenzwinkern.

"Und was ist deine größte Leidenschaft?" fragte Georg.

"Das bist du", sagte Marianne, *"von jetzt an bis in alle Ewigkeit."*

Georg musste schlucken. Er hatte Marianne zwar alles aus seinem Leben erzählt; den Tumor hatte er ihr jedoch verschwiegen.

"Du bist plötzlich ganz anders", sagte sie, *"ist dir irgendetwas?"*

"Es ist alles gut", antwortete Georg, *"lass uns erst einmal bestellen. Wie wäre es mit Champagner?"*

"Sei mir nicht böse, ming Leevche; aber eine gute Flasche Wein wäre mir lieber."

"Auch gut", sagte Georg und bat den Ober um die Weinkarte.

Als Georg die Karte aufschlagen wollte, und Marianne ihren Lieblingskellner fragte, ob er eine Weinempfehlung aussprechen könne, drohte dieser die Besinnung zu verlieren. Schmerzliche Erinnerungen stiegen vor seinem inneren Auge auf.

Georg rettete die Situation, indem er den Ober bat, er möge die Chefin an den Tisch bitten.

Als sie kurz darauf erschien, sagte Georg zu ihr:

"Verehrte Frau Heller, Sie haben mir vor ein paar Tagen angeboten Sie um Hilfe zu bitten, wenn ich einen Wunsch hätte."

"Das habe ich", antwortete Birgit Heller, *"und wenn es in meiner Macht steht, so werde ich Ihren Wunsch auch gern erfüllen."*

"Wunderbar", sagte Georg, *"dann bitte ich Sie hiermit um den besten Tropfen, der in Ihrem Weinkeller sein Dasein fristet. Der Preis spielt keine Rolle!"*

"Es wird mir eine große Freude sein Ihrem Wunsch nachzukommen", antwortete Frau Heller.

Als sie wieder zurück kam, hatte sie eine Flasche "Niersteiner Domtal, Spätlese, Jahrgang 1959" dabei, einen Jahrhundertwein.

Sie zeigte ihn Georg mit den Worten:

"Ich hätte nie gedacht, dass ich diesen Wein je verkaufen würde. Bis heute war noch kein Gast in meinem Hotel, dem ich diesen edlen Tropfen hätte anbieten wollen."

"Leck mich en de Täsch!" entfuhr es Marianne in diesem Moment und Georg hoffte sehr, die nette Frau Heller würde es nicht verstehen.

"Ich danke Ihnen sehr, Frau Heller, dass Sie mir diese außerordentliche Ehre zuteilwerden lassen, und ich möchte Sie herzlich einladen ein Glas mit uns zu trinken."

"Das kann ich nicht annehmen", sagte Frau Heller, *"und außerdem möchte ich nicht stören."*

"Sie stören nicht, Frau Heller, ganz im Gegenteil", sagte Georg, der in diesem Moment beschloss sein Inkognito zu lüften. *"Und außerdem möchte ich Ihnen gern etwas mitteilen."*

Frau Heller nahm Platz und Georg hieß den Ober ein weiteres Glas zu bringen. Er ließ den Ober die Flasche entkorken, übernahm aber dann selbst das Eingießen.

"Zum Wohl, meine Damen, und ganz speziell auf Sie, liebe Birgit für diese tolle Geste!"

Nachdem die drei angestoßen und den ersten Schluck dieses göttlichen Nektars gekostet hatten, sah Georg die Wirtin an und sagte:

"Sie wundern sich vielleicht, dass ich Sie bei Ihrem Vornamen genannt habe. Ich kann Ihnen das aber ganz einfach erklären.

Ich kannte Sie schon als kleines Mädchen, als Sie bei Ihrem stolzen Vater noch auf dem Schoß saßen."

Birgit Heller schaute Georg verständnislos an.

"Ich will sie erlösen", fuhr Georg fort. *"Ihre Frau Mutter ist doch die Tochter vom Löwenwirt".*

Birgit Heller nickte und Georg fuhr fort:

"Und etwas unterhalb des Löwen befindet sich doch das Kolonialwarengeschäft Krieger."

"Das gibt es heute nicht mehr", sagte Frau Heller.

"Ich weiß", sagte Georg, *"aber als es das noch gab, wohnte ich mit meinen Eltern direkt daneben."*

"Jetzt weiß ich, wer Sie sind", sagte Frau Heller empathisch, *"und jetzt verstehe ich auch, warum mich so ein komische Gefühl beschlich, als ich Ihnen die alten Bilder in der Bauernstube gezeigt habe."*

"Ja", antwortete Georg, *"alles alte Bekannte."*

Und dann fügte er hinzu:

"Ich möchte Sie herzlich bitten mein Inkognito nicht zu lüften. Ich möchte die restlichen Tage gern unerkannt hier verleben."

"Sie können sich darauf verlassen, Herr Marburger", sagte Frau Heller.

"Das wusste ich, liebe Frau Heller", sagte Georg, *"sonst hätte ich Ihnen das auch nicht erzählt."*

"Bitte, nennen Sie mich Birgit", sagte sie, trank ihr Glas aus, stand auf und entfernte sich mit den Worten:

"Jetzt lasse ich Sie aber allein. Es wird sich sicher noch eine Gelegenheit ergeben, dass wir über alte Zeiten reden können."

"Ganz bestimmt, liebe Frau Birgit", erwiderte Georg, *"ich freue mich schon darauf."*

"Eine sehr sympathische, junge Frau", sagte Marianne, als Birgit gegangen war. *"Und du kennst sie wirklich schon so lange?"*

"Wirklich und wahrhaftig", antwortete Georg, *"ich erinnere mich daran, als ob es gestern gewesen wäre. Und dabei ist das alles eine Ewigkeit her..."*

****

"Mein Liebling, ich werde dir jetzt etwas erzählen, das mir sehr schwer fällt und was dich vielleicht entsetzen wird."

Georg lag neben Marianne im Bett und schaute ihr ins Gesicht. Es fiel ihm sehr schwer das zu sagen, was ihm schon lange auf der Seele brannte.

Gerade waren Körper und Seele noch eng umschlungen in vollkommener Harmonie, und jetzt musste Georg einen harten Schnitt vollziehen.

"Ganz egal, was es auch sein mag", sagte Marianne, *"ich werde sicher nicht entsetzt sein."*

Georg lächelte. Er wollte sich gar nicht vorstellen, was wäre, wenn Marianne sich von ihm abwenden würde.

"Ich habe meine Lebensbeichte bei dir abgelegt, und ich habe es gern getan. Aber sie war nicht ganz vollständig."

Mariannes Gesichtsausdruck ließ keine Erkenntnis darüber zu, was gerade in ihr vorging. Also fuhr Georg fort:

"In meinem Kopf hat sich ein Tumor eingenistet, der gemächlich vor sich hin wächst. Er ist inoperabel und er ist tödlich.

Wann er mir den Sensenmann vorbei schicken wird, steht in den Sternen. Es kann in fünf Jahren, in zehn Jahren; aber auch schon in einem Jahr sein."

"Das tut mir sehr leid für dich, mein Schatz", sagte Marianne, *"und ich danke dir sehr, dass du es mir gesagt hast.*

Warum hat man das erst so spät entdeckt, dass man es nicht mehr operieren kann?"

"Du kennst das ja von dem «Schuster mit den schlechtesten Schuhen»", sagte Georg, *"das ist bei uns Ärzten nicht anders."*

Georg schaute Marianne erwartungsvoll an.

"Du schaust mich so eindringlich an", sagte Marianne, *"warum denn das?"*

"Aber das ändert doch alles", antwortete Georg verwundert.

"Und was genau soll das denn ändern, ming Leevche?" fragte Marianne.

"Na, unsere gemeinsame Zukunft und so", presste Georg heraus.

" Passens mol op, ming Fründ!" sagte Marianne in einem schulmeisterlichen Tonfall.

"Was unsere gemeinsame Zukunft und vor allem «und so» betrifft, so spielt das für mich keine Rolle, ob du hundert wirst oder ein paar Tage früher den Löffel abgibst."

"Ist das dein Ernst?" fragte Georg verblüfft.

"Mein voller Georg, liebster Ernst", sagte Marianne in ihrer spaßigen Art, *"oder sagt man das umgekehrt?"* Und dann fügte sie noch hinzu:

"Mich bringst du nicht mehr los!"

Georg nahm Marianne in den Arm und küsste sie voller Leidenschaft.

"Du wunderbar närrisches Huhn", sagte er, *"warum bin ich dir nicht schon viel früher begegnet?"*

"Besser spät als nie, ming Leevche", sagte Marianne und erwiderte Georgs Küsse ebenso leidenschaftlich.

****

"Ich würde gern einen Streifzug durch das Dorf machen und dir einiges zeigen, wenn du möchtest", sagte Georg beim Frühstück und Marianne willigte gerne ein.

Als sie sich am Ufer der Rüpper nieder setzten, sagte Georg:

"Hier habe ich schwimmen gelernt, und hier bin ich später oft gesessen, wenn ich einmal nicht mehr weiter wusste und habe auf den Fluss gestarrt.

Das träge vorbei fließende Wasser und die reflektierenden Strahlen der untergehenden Sonne hatten immer eine sehr beruhigende Wirkung auf mich."

Georg führte Marianne am Kindergarten vorbei und an der Kirche, in welcher er konfirmiert wurde. Dann kamen sie zu seinem Elternhaus. Er hatte es - nach dem Tod seiner Eltern - verkauft und sich mit dem Erlös seine Eigentumswohnung in Wien finanziert.

"Das war früher einmal das Kolonialwarengeschäft Krieger", sagte Georg mit leichter Wehmut, *"und jetzt ist ein Dönerladen"*.

"So ist der Lauf der Welt", sagte Marianne, und sie fügte hinzu: *"Tempora mutantur, nos et mutamur in illis."*

Georg war überrascht, dass Marianne mit diesem lateinischen Spruch aufwartete, der da besagt, *"dass sich die Zeiten ändern und wir mit ihnen."*

"Dieses Denkmal erinnert an die Gefallenen beider Weltkriege", sagte Georg, als sie wieder am Marktplatz angekommen waren.

"Schau genau hin!" sagte Georg und deutete auf die Marmorplatten, auf welchen die Namen eingraviert waren.

"Friedrich Wilhelm Schober - hier auf der linken Tafel - war mein Urgroßvater und sein Sohn, Wilhelm Schober - auf der rechten Tafel - war mein Großvater. Beides Söhne von Filterberg, fürs Vaterland gefallen."

"Das waren schlimme Zeiten", sagte Marianne, *"sind wir froh, dass sie vorbei sind, und dass wir im «Hier und Jetzt» sind. Und jetzt habe ich Hunger!"*

"Dann lass uns essen gehen", sagte Georg, *"wir fahren ein Stückchen außerhalb, da kenne ich ein hübsches Lokal."*

Sie gingen hinter das Hotel, wo sich die Garagen befanden.

"Warte bitte hier", sagte Georg, *"ich fahre nur den Wagen aus der Garage."*

"Das ist ja ein Jaguar", sagte Marianne, als Georg ausgestiegen war, um ihr die Tür zu öffnen.

"Da könntest du durchaus recht haben", antwortete Georg lachend.

"Ich bin noch nie mit so einem edlen Teil gefahren", sagte Marianne, als sie im Wagen Platz genommen hatte.

"Damit kannst du jetzt öfter fahren", sagte Georg.

"Von mir aus um die ganze Welt", freute sich Marianne.

"Das vielleicht nicht", sagte Georg, *"aber wenn du möchtest, dann fahre ich morgen mit dir nach Wien."*

"Was?" rief Marianne völlig aufgeregt.

"Du hast mich schon richtig verstanden", sagte Georg, *"wir fahren morgen nach Wien, um unsere gemeinsame Zukunft zu beginnen.*

Aber natürlich nur, wenn dir das noch immer Ernst damit ist."

Georg erlebte seine Marianne zum ersten Mal sprachlos. Dieser Zustand währte jedoch nicht lange.

"Du bist verrückt, Österreicher", sagte sie, *"wie soll das denn gehen? Ich habe ja nicht genug Kleider bei mir; ich müsste erst einmal nach Hause."*

"Also erstens", sagte Georg, *"gibt es genügend Kleidergeschäfte in Wien und eine Waschmaschine habe ich auch.*

Und zweitens, was das «nach Hause» betrifft, so hast du ab sofort ein zweites davon, und zwar in Wien!"

"Du meinst das wirklich, ming Leevche", sagte Marianne, und ihre Augen füllten sich mit Tränen.

"Mir war noch nie im Leben etwas so ernst wie das", sagte Georg, *"und ich hoffe, du sagst JA"*.

"Von Herzen gern, mein Schatz; ja, ja, ja!"

****

"Ich habe schon alles für Sie vorbereitet, Herr Marburger."

Simone, die freundliche Rezeptionistin des Hotels "Zu den drei Kronen" präsentierte mit einem charmanten Lächeln die Rechnung und gab sie Georg zur Überprüfung.

Georg sah sich die Rechnung an und stutzte.

"Auf der Rechnung fehlt noch ein wichtiger Posten", sagte er, *"Sie haben den kostbaren Wein vergessen."*

"Den hat sie nicht vergessen, mein lieber Herr Marburger", erklang plötzlich die Stimme der Hotelchefin.

Während Georg die Rechnung studierte, hatte Simone, wie mit ihr vereinbart, ihre Chefin angerufen, um die Abreise zu avisieren.

"Wie darf ich das verstehen?" fragte Georg überrascht.

"Der Wein war ein Geschenk des Hauses an einen ganz besonderen Gast und seine charmante Begleiterin."

"Das ist äußerst liebenswürdig und sehr großzügig von Ihnen, liebe Frau Birgit", sagte Georg und mit Blick auf Marianne: *"Ganz herzlichen Dank!"*

"Es war mir eine große Freude Sie als Gast beherbergen zu dürfen, und ich kann nur hoffen, dass wir Sie wieder einmal bei uns begrüßen dürfen."

"Die Freude war ganz auf unserer Seite", mischte sich jetzt Marianne ein, *"schließlich habe ich hier bei Ihnen diesen wunderbaren Mann kennengelernt."*

"Und jetzt trennen sich Ihre Wege wieder", sagte Birgit zu Marianne, *"Sie zurück nach Köln und Herr Marburger nach Wien."*

"Da liegen Sie völlig falsch", sagte Georg, *"meine Frau und ich fahren morgen gemeinsam nach Wien."*

Birgit Heller schaute verwirrt. Erst zu Marianne, dann zu Georg. Dann stammelte sie:

"Entschuldigen Sie bitte, ich wusste nicht, dass Sie verheiratet sind."

"Sind wir auch nicht", sagte Georg. *"Noch nicht; aber schon bald!"*

Jetzt wurde auch Marianne von einer gewaltigen Verwirrung heimgesucht. Sie benötigte einen kleinen Moment, um ihre verlorene Fassung wieder zu erlangen.

"Wieso weiß ich davon nichts?"

"Weil noch kein passender Moment für einen Antrag da war; aber ich arbeite daran."

"Du verrückter Österreicher!" rief sie aus, fiel Georg um den Hals und gab ihm einen Kuss.

"Entschuldigung", sagte sie zu Birgit, *"das musste jetzt sein."*

"Ich freue mich für Sie beide", sagte Birgit und fragte:

"Wo wird die Hochzeit stattfinden? In Wien oder in Köln?"

"Das darf die Braut bestimmen", antwortete Georg, *"aber Sie werden auf jeden Fall dabei sein."*

"Ist das wahr?" fragte Birgit und Marianne sagte:

"Auf jeden Fall, leev Mädche!"

"Wenn ich es mir aussuchen könnte, wäre mir Wien lieber als Köln", sagte Birgit augenzwinkernd und Marianne winkte ihr mit erhobenem Zeigefinger zu und sagte:

"Dat han isch jetz ävverr nit jehööt!"

****

Es war später Nachmittag, als Georg und Marianne in Wien ankamen. Genauer gesagt, oben auf dem Wilhelminenberg, in der Savoyenstraße im 16. Wiener Gemeindebezirk.

Georgs Eigentumswohnung hatte einen Balkon, der einen herrlichen Blick auf Wien freigab.

"Das große Gebäude dort hinten ist die Uno City, und davor kann man die Innere Stadt mit dem Stephansdom erkennen", sagte Georg voller Stolz und Freude, dass er mit Marianne auf dem Balkon seiner Wohnung stehen durfte.

"Und das viele Grünzeug vor deiner Nase, das ist der Stoff, aus dem Glückseligkeit gemacht wird; aber manches Mal auch ganz schlimme Räusche", sagte Georg und deutete auf die Weinberge.

"Das ist wunderschön, mein Schatz", sagte Marianne, *"man fühlt sich dem Himmel so nah"*.

"Dem siebten Himmel!" fügte Georg dazu und küsste Marianne.

"Was hältst du davon, wenn wir uns jetzt erst einmal von der langen Fahrt ausruhen?" fragte Georg, der Marianne noch immer von hinten fest umschlungen hielt.

"Sehr viel sogar", antwortete Marianne, *"aber dann gehen wir etwas essen."*

****

"Das hat jetzt richtig gut getan", sagte Marianne *"Und wohin fahren wir jetzt?"*

"Nirgendwohin", antwortete Georg, *"wir gehen zu Fuß. Ich zeige dir meinen Lieblingsheurigen."*

"Gibt es da auch Zithermusik wie im «Dritten Mann», dem Film mit Orson Welles?"

"Nein", antwortete Georg, *"das gibt es nur in den Touristenheurigen; da geht der Wiener eher nicht hin."*

"Schade", sagte Marianne, *"ich habe geglaubt, das mögen die Wiener."*

"Jetzt mach dich erst einmal hübsch, damit wir gehen können", sagte Georg, *"du wirst sehen; es wird dir schon gefallen."*

Georg war die Enttäuschung in Mariannes Stimme nicht entgangen. Er musste sich unbedingt etwas einfallen lassen.

"Guten Abend, Herr Professor! Ich freue mich, dass Sie wieder einmal vorbei schauen. Und in so hübscher Begleitung. Es ist schon sehr lange her, dass Sie bei uns waren."

"Guten Abend, Frau Johanna, wie geht es Ihnen denn?"

"Sehr gut, verehrter Herr Professor, die Hüfte, die sie mir gemacht haben, sitzt noch immer wie angegossen."

Mit diesen Worten klopfte sich die Seniorchefin des Heurigen "Nagler" als Zeichen der Bestätigung auf besagtes Körperteil.

"Ich möchte Ihnen meine liebe Begleiterin vorstellen", sagte Georg, *"das ist Marianne, die künftige Frau Marburger."*

"Das freut mich aber, Herr Professor, so eine liebe Person, und hübsch ist sie auch noch."

Frau Nagler lächelte über das ganze Gesicht. Sie nahm Mariannes Hand in die ihre und tätschelte sie.

"Das ist Frau Nagler, Liebling, die Seniorchefin und die gute Seele des Heurigen."

"Ach was", sagte die alte Wirtin, die noch immer die Hand von Marianne fest hielt, *"sagens einfach Johanna zu mir, so wie der Herr Professor."*

"Sehr gern, Frau Johanna", sagte Marianne, die ihre Hand inzwischen wieder zurück bekommen hatte.

"Ihr Tisch ist bereit, Herr Professor und die Musiker san a scho do."

"Wieso Musiker?" fragte Marianne ganz erstaunt, *"ich denke, hier gibt es keine Musik."*

"Der Herr Professor hat mich vorhin angerufen und mir gesagt, sie täten gern a Musi habn wolln", sagte Frau Johanna, die zwischen "Wienerisch" und "Hochdeutsch" hin und her schwankte, *"und da hob i ma denkt, besorg i halt ane."*

"Das ist ja entzückend", sagte Marianne und drückte der alten Frau einen Kuss auf die Wange.

Frau Johanna bekam feuchte Augen, als sie sagte:

"Dirndl, du gfollst ma; du passt zum Herrn Professor!"

Und dann begann für die beiden Verliebten ein unbeschreiblich schöner Abend bei Schweinsbraten, Krautsalat, Wachauer Laberln und Grünem Veltliner.

Und die beiden Musikanten spielten alte Wienerlieder und sangen dazu.

Als sie "Im Prater blühn wieder die Bäume" intonierten, sagte Marianne:

"Das zeigst du mir auch, gelt mein Schatz?"

"Das und noch viel mehr", antwortete Georg, *"ich zeige dir so viel Wien, bis du genug davon hast."*

"Ich glaube, von Wien kann man gar nicht genug sehen", sagte Marianne und bevor sie nach Hause gingen, spielten die Musiker - auf speziellen Wunsch von Georg - noch das Lied vom "Mariandl aus dem Wachauer Landl, Landl" als Zugabe.

Beim Hinausgehen bedankte sich Georg bei den Musikern und steckte ihnen noch ein paar Scheine zu. Den größten Dank jedoch bekundete er der alten Heurigenwirtin, die in der Kürze der Zeit Musiker aufgetrieben hatte.

"Es war ein ganz besonderer und unvergesslicher Abend für mich, liebe Frau Johanna", sagte Marianne und umarmte die Wirtin.

"Das freut mich, liebes Kind", sagte Frau Johanna, *"das freut mich, und kommt's bald wieder!"*

"Ganz bestimmt", sagte Georg, *"schon morgen. Mit meinem Freund, Professor Haberstein und seiner Gattin."*

"Uijegerl", sagte Frau Johanna und seufzte.

"Wie meinen's denn das?" fragte Georg überrascht.

"Des wern' s dann scho sehn", sagte Frau Johanna und wandte sich ab.

"Was bedeutet denn «uijegerl», fragte Marianne, die mit dem Wort nichts anzufangen wusste.

"Ich fürchte, nichts Gutes", antwortete Georg, *"komm, lass uns nachhause gehen."*

****

"Guten Morgen, meine Sonne! Ich hoffe, du hast gut geschlafen."

Georg küsste Marianne, die große Mühe hatte ihre Augen zu öffnen, zart auf die Stirn.

"Was für einen Teufelstrank hast du mir gestern eingeflößt?" fragte Marianne, *"jevvet ze, du wolltest mich willenlos machen."*

"Unser Wein ist einfach stärker als eurer", sagte Georg und lachte.

"Aber jetzt raus aus den Federn und ab unter die Dusche; ich möchte dir Wien zeigen."

"Kommst du mit unter die Dusche?" fragte Marianne mit einem lasziven Augenaufschlag.

"Nein, du Sexgöttin", antwortete Georg mit einem Ausdruck des Bedauerns, *"ich habe leider schon geduscht."*

"Selber schuld", sagte Marianne und verschwand in Richtung Badezimmer.

Als sie später beim Frühstück saßen, fragte Georg, ob Marianne irgendwelche Wünsche habe.

"Oh ja", sagte Marianne, *"ich bin noch nie Fiaker gefahren, und mit dem Riesenrad möchte ich auch gern fahren."*

"Machen wir, mein Schatz", antwortete Georg, *gleich nach dem Frühstück geht es los.*

Georg und Marianne fuhren mit der 2-er Linie von Ottakring bis zur Oper am Kärntner Ring. Dort stiegen sie aus und marschierten über die Kärntner Straße, vorbei am Hotel Sacher bis zum Stephansplatz.

"Das ist der Stephansdom, das Wahrzeichen Wiens, von den Wienern auch liebevoll «Steffl» genannt", erklärte Georg und fuhr fort:

"Wie durch ein Wunder wurde die Kirche im Zweiten Weltkrieg nur mäßig beschädigt. Leider wurde im Jahr 1945 durch Plünderer Feuer gelegt, sodass der Dachstuhl und der Glockenturm völlig ausbrannten.

Dabei stürzte die «Pummerin», die größte Glocke ab und zerschellte am Boden. Der Wiederaufbau des Doms, durch zahlreiche Spenden der Bevölkerung mit dem sogenannten «Stephansgroschen» ermöglicht, wurde 1952 beendet und mit dem Einzug der neu gegossenen Glocke wiedereröffnet.

Die Pummerin, immerhin die drittgrößte Glocke in West- und Mitteleuropa, wird nur zu Hochfesten und zu staatlichen Anlässen geläutet. Und ganz speziell in der Neujahrsnacht."

Marianne hatte aufmerksam zugehört. Am Ende von Georgs Ausführungen sagte sie:

"Das war sehr interessant; vielen Dank, ming Leevche. Du hättest Fremdenführer werden sollen."

Georg lachte und erwiderte:

"Wenn du ganz lieb bist, dann werden wir kommenden Silvester hier in Wien feiern; dann kannst du die Pummerin läuten hören."

"Das wäre schön", antwortete Marianne und bedankte sich bei ihrem "Österreicher" mit einem liebevollen Blick.

"Bist du noch gut zu Fuß", fragte Georg, *"oder bist du schon müde?"*

Georg staunte nicht schlecht, als Marianne plötzlich zu singen begann:

"Wenn ich su an ming Heimat denke un sin dr' Dom su vür mir stonn, möch ich dirk op Heim an schwenke; ich möch ze Foß nach Kölle jon!"

Als Marianne fertig war, applaudierten einige Touristen, die stehen geblieben waren, um der spontanen Aufführung beizuwohnen.

Marianne, bar jeder Peinlichkeit, bedankte sich und fragte dann Georg, ob er dieses Lied kenne. Georg, der noch immer leicht verwirrt war, verneinte.

"Siehst du, mein Schatz, das ist die Stadthymne Kölns. Der bekannte Komponist und Liederschreiber Willi Ostermann hat dieses Mundartlied 1936 geschrieben.

Jedes Kind in Köln kennt dieses Lied, und wenn ich dich in meine Heimatstadt importiere, dann musst du den Text dieses Liedes im Schlaf aufsagen können.

Soviel zum Thema «zu Fuß gehen», ming Leevche, und un jetz loß m'r gonn!"

Georg führte Marianne weiter durch seine Stadt. Über den Graben, vorbei an der Pestsäule, zum Café Demel und weiter zur Hofburg.

Als sie beim Café Demel vorbei kamen, regte Marianne an dort auf einen Kaffee hinein zu gehen.

"Wir werden nur kurz durchmarschieren und die köstlichen Mehlspeisen in Augenschein nehmen", sagte Georg, *"aber jausnen werden wir woanders."*

"Ich würde lieber Kaffee trinken und nicht jausnen", sagte Marianne.

Georg lachte. *"Du Tschapperl",* sagte er, *"jausnen bedeutet bei uns Kaffee trinken."*

"Was ist denn ein Tschapperl? fragte Marianne, und Georg antwortete: *"Etwas ganz Liebes."*

Dann gingen sie durch die Hofburg und weiter bis zum Café Landmann. Das Wetter ließ es zu, dass sie draußen sitzen konnten.

"Jetzt weißt du, warum ich hier jausnen wollte", sagte Georg, *"das Wetter ist viel zu schön, um drinnen zu sitzen.*

Und außerdem haben wir zur Linken das Burgtheater im Blick und vis-à-vis das Rathaus."

"Das hast du ganz toll gemacht, Österreicher", sagte Marianne, *"weiter so!"*

Der Ober kam an den Tisch, begrüßte die Gäste und fragte, was er denn bringen dürfte.

"Ich nehme einen Kaffee", kam es prompt aus Mariannes Mund.

Und bevor der Herr Ober reagieren konnte, sagte Georg mit einem an ihn gerichteten Augenzwinkern:

"Lassen 'S uns noch ein kleines Momenterl Zeit, ich muss die Dame erst aufklären."

"Sehr gern, der Herr!", sagte der Ober mit einem breiten Grinsen.

"Was war das denn?" fragte Marianne, *"und was bitte heißt, du musst mich erst noch aufklären?"*

"Nun, mein Schatz", begann Georg genussvoll, *"Kaffee gibt es nur in Deutschland. Bei uns gibt es:*

Melange, Kaisermelange, Großer Brauner, kleiner Brauner, Einspänner, Mokka, Kosakenkaffee, Kapuziner, Konsul, Othello, Piccolo, Kaffee verkehrt, Verlängerter, Weißer mit Haut, Zarenkaffee und nicht zu vergessen den Häferlkaffee.

"Um Gottes Willen", sagte Marianne, *"das ist ja schrecklich. Wer soll sich da noch auskennen? Ich will doch nur einen Kaffee mit Milch und Zucker."*

"Ich bin sicher, ich habe noch einige vergessen", antwortete Georg, *"ich empfehle dir eine Melange oder einen Einspänner."*

"Und was ist das?" fragte Marianne vorsichtig.

"Das ist ein Espresso in einem Glas mit einer üppigen Schlagobershaube. Ihr nennt das geschlagene Sahne", erklärte Georg seiner erstaunten Nanni.

"Die Entstehungsgeschichte dieses Getränks ist lustig. Ich kann sie dir gern erzählen, wenn du möchtest", fuhr Georg fort.

"Sehr gern", antwortete Marianne, *"aber erst bestellst du mir einen solchen Einspänner."*

Georg winkte den Kellner herbei und gab die Bestellung für den Kaffee auf.

"Und bringen 'S der Dame noch eine Sachertorte mit Schlag", fügte er ergänzend dazu.

"Den Namen des Getränks hat es von den einspännigen Pferdefuhrwerken", begann Georg. *"Die Kutscher, die auf dem Bock saßen, hielten die Zügel in der einen Hand und den Kaffee in der anderen. Und durch die dicke Schlagobershaube konnte der Kaffee lange heiß bleiben."*

"Das ist eine sehr schöne Geschichte", sagte Marianne. *"Die gefällt mir; die muss ich mir merken."*

Nach der Jause setzten die beiden Verliebten ihren Rundgang fort. Sie wechselten auf die andere Straßenseite zum Rathaus, gingen von dort aus in Richtung Parlament und weiter über den Burgring zurück bis zu ihrem Ausgangspunkt.

Als sie am Kärntner Ring wieder in die 2-er Linie einstiegen, machte sich doch eine leichte Erschöpfung bemerkbar.

"Aber morgen müssen wir nicht so viel marschieren, mein Liebling; oder?" sagte Marianne. Sie hatte ihren Kopf an Georgs Schulter gelegt.

"Nein", antwortete Georg, *"morgen machen wir einen kleinen Ausflug ins Helenental und nach Baden in den Kurpark."*

"Das klingt gut", sagte Marianne, *"aber nur, wenn wir nicht zu Fuß gehen müssen."*

Georg lachte. *"Wir fahren mit dem Auto, mein Sonnenschein"*, sagte er, *"und am Abend treffen wir uns mit meinem Studienfreund und Kollegen Oswald Herberstein."*

****

"Grüß dich, Ossi!"

"Servus Schorschi!"

Mit diesen Worten begrüßten sich zwei alte, liebe Freunde, die sich schon sehr lange nicht mehr gesehen hatten.

Georg hatte noch am Vorabend seinen Freund angerufen, um ihn mit seiner Gattin Christiane zum Heurigen einzuladen.

"Darf ich dir meine zukünftige Gattin Marianne vorstellen", sagte Georg mit einem leichten Seitenblick auf die Begleitung seines Freundes.

Jetzt begann Georg die Bemerkung von Frau Johanna zu verstehen, als sie am Tag zuvor den Heurigen verlassen haben.

Die Frau an Oswalds Seite war nicht dessen Ehefrau Christiane, sondern eine sehr junge aufgetakelte Blondine mit einem Körperbau, der jedem Mann die höchste Aufmerksamkeit abringen musste.

Allein die gewaltige Oberweite schrie schon nach einem Waffenschein.

"Das ist Clarissa, meine Freundin", stellte Oswald die Dame vor, nachdem er Marianne einen vollendeten Handkuss gegeben hatte.

Georg beließ es bei einem Händedruck, was unverkennbar den Unmut der jungen Frau hervorrief.

Die beiden Frauen begrüßten sich ebenfalls mit einem Händedruck.

"Wo steckst du denn die ganze Zeit?" fragte Oswald den Freund, als sie Platz genommen hatten.

Georg, der sich auf die Lippen beißen musste, um nicht nach Christiane zu fragen, ließ sich auf die belanglose Konversation ein.

Er musste an Christiane denken, eine tolle Frau, die mit Oswald drei entzückende Kinder hatte. Die beiden hatten sehr spät geheiratet und so waren die Kinder noch relativ klein.

Oswald hätte im Grunde genommen nie heiraten dürfen; denn seinen Junggesellenstatus pflegte er auch nach der Hochzeit tüchtig weiter.

"Was machen Sie beruflich?" konnte sich Georg nicht verkneifen die junge Begleiterin Oswalds zu fragen.

"Ich war Krankenschwester", antwortete Clarissa, die mit Taufnahmen "Klara" hieß, diesen aber schon vor Jahren abgelegt hatte.

"Was denn sonst", dachte Georg bei sich, sprach es aber nicht aus.

"Und was machen Sie jetzt?" wollte Georg weiter fragen, kam aber nicht dazu, weil die Kellnerin das Essen brachte.

"Das habe ich nicht bestellt", sagte Clarissa spitz, *"ich habe ein mageres Stück bestellt; nehmen Sie das wieder mit!"*

"An mageren Schweinsbraten ham mer net", sagte die Kellnerin und stellte den Teller demonstrativ vor Clarissa hin.

"Was erlauben Sie sich? Das ist eine Unverschämtheit! Wissen Sie nicht, wen Sie vor sich haben?"

"Die Herrn Professoren und die freundliche Dame kenn i", sagte die Kellnerin, indem sie in Richtung Marianne nickte, *"aber Sie san mir völlig fremd!"*

"Sie unverschämter Trampel", fuhr Clarissa fort, wurde aber von Marianne eingebremst.

"Jetz halde ens de Fööß höösch, Mädche!"

"Was wollen Sie? Diesen Kauderwelsch versteht ja kein Mensch!" entgegnete Clarissa giftig.

Oswald Herberstein, Professor und bester Freund von Georg, versuchte mit allen Mitteln die Wogen zu glätten, was ihm jedoch gründlich misslang.

"Es se jeck?" steuerte Marianne einen weiteren Beitrag bei.

"Die deutsche Tussi soll die Goschn halten!" entfleuchte es Clarissas Mund, die augenblicklich wieder zu Klara mutiert war und zu ihrer gewohnten Sprache

zurück gefunden hatte. Sie begnügte sich damit jedoch noch lange nicht und schob - sich in grammatikalischer Grauzone bewegend - hinterher:

"Was glaubst denn, dass du wer bist?"

"Ich bin Doktor der Philosophie", antwortete Marianne, *"und was hast du studiert?"*

Und noch bevor Klara antworten konnte, fuhr Marianne fort:

"Sage es nicht, ich weiß es auch so. Du hast Männer und deren Vermögensverhältnisse studiert. Und darin bist du richtig gut."

Die völlig aus dem Häuschen geratene Klara nahm ihr Glas in die Hand und schüttete den Inhalt in Mariannes Gesicht.

Zum großen Glück hatte sie das Wasserglas und nicht das Weinglas erwischt.

Das war selbst der Seniorchefin zu viel. Johanna kam wie ein wütender Stier hinter der Theke hervor, wo sie bei der Essensausgabe behilflich war.

Sie hatte Clarissa, vulgo Klara, schon beim Betreten des Heurigen argwöhnisch beobachtet, so als hätte sie die Entwicklung voraus geahnt.

"Du depperte Blunzn", brach es aus ihr hervor, *"schleich di und kumm nie wieder da her, sunst hau i di persönlich außi!"*

Johanna hatte einen hochroten Kopf bekommen. Ihr Blutdruck bewegte sich gerade in bedrohlichen Sphären.

Marianne hielt die alte Frau fest, um sie zu beruhigen.

Oswald war aufgesprungen und ergriff Klaras Arm.

"*Das reicht jetzt, Clarissa*", herrschte er seine Freundin an, "*wir gehen!*"

"*Ich gehe!*" schrie sie wie eine Furie. "*Bleib du bei deinem lieben Freund Schorschi und seiner deutschen Tussi!*"

Oswald setzte sich nieder und war am Boden zerstört. Klara hatte im Sturmschritt den Heurigen verlassen.

"*Ich muss mich einen kleinen Moment nieder setzen*", sagte Johanna und bemühte sich um ein zaghaftes Lächeln, so als wolle sie um Verständnis bitten. "*Mir zittern noch immer die Knie.*"

Sie schaute in die Gesichter ihrer Gäste und fuhr fort:

"*Ich bin seit vielen Jahren Heurigenwirtin, aber so was is mir no net unterkommen. Entschuldigung, dass i die Fassung verlurn hab; es tut mir leid!*"

"Das muss Ihnen nicht leid tun, liebe Frau Johanna", sagte Oskar Herberstein, *"wenn sich einer entschuldigen muss, dann ja wohl ich. Was sich Clarissa erlaubt hat ist unverzeihlich."*

"I versteh Ihnen net, Herr Professor", sagte Johanna, *"wie Sie sich mit so an Flitscherl haben einlassen können, wo 'S doch so a liebe Frau haben. Und die Kinder."*

Oswald saß da wie ein Häufchen Elend. Man konnte förmlich spüren, wie ihm gerade alle Felle davon schwammen.

"Ich verstehe es ja selber nicht, Frau Johanna", sagte Oswald und es war keiner am Tisch, der ihm das nicht glaubte.

Und zu Marianne sagte er:

"Ich hoffe, Sie verzeihen mir diesen Vorfall!"

"Da gibt es nichts zu verzeihen, lieber Oswald und übrigens, ich heiße Marianne."

Johanna, welche das alles mit großem Wohlgefallen erlebte, winkte ihren Sohn Franz zu sich, der hinter der Ausschank stand.

"Geh, Franzl", sagte sie, *"geh in den Keller und hol uns zwei Bouteillen Wein herauf. Du weißt schon, den Besonderen."*

Johanna trank ein Glas mit und verabschiedete sich danach mit den Worten:

"Alte Weiber g'hören ins Bett. Das war alles a bisserl viel für mich heut."

Marianne stand auf und umarmte die alte Frau mit großer Herzlichkeit.

"Pass mir gut auf den Professor auf", sagte Johanna, *"das ist ein ganz Besonderer!"*

"Ich weiß, Frau Johanna", antwortete Marianne, *"und Sie sind eine ganz liebe Frau. Ich werde Sie nie vergessen."*

Als Johanna gegangen war, ließ sich Marianne entschuldigen, um die Toilette aufzusuchen.

"Was hat dich geritten eine tolle Frau wie Christiane zu verlassen?" fragte Georg seinen Freund.

"Die Hormone, Schorschi, die verfluchten Hormone..."

"Und wie soll es jetzt weiter gehen. Wirst du diese Person bei dir behalten?"

Georg hatte vergeblich nach einer passenden Bezeichnung für Klara gesucht, war aber nicht fündig geworden. Also beließ er es bei "diese Person".

"Natürlich nicht", antwortete Oswald, *"ich werde sie morgen vor die Tür setzen. Ich vermute aber, sie wird schon von selber gegangen sein."*

"Hoffentlich, mein Lieber", sagte Georg und fügte flüsternd hinzu:

"Und dann gehst du auf Knien zu deiner Familie zurück und bittest um Verzeihung; hast du gehört?"

Oswald nickte. Marianne war schon auf dem Weg zurück zum Tisch. Ihr Gang hatte deutlich an Geschmeidigkeit verloren; der Wein war wieder einmal stärker als sie.

Sie setzte sich nieder und erhob ihr Glas.

"Schorschi, Ossi und Nanni", sagte sie und lachte, *"das Wiener Dreigestirn. Fast so gut wie das Kölner!"*

****

"Wieso bist du schon angezogen?" fragte Marianne, die durch einen Kuss auf die Stirn von Georg wach geworden war.

"Mein Bett dreht sich noch immer", fuhr Marianne fort. Sie hatte die Augen nur soweit geöffnet, dass sie Georg einigermaßen wahrnehmen konnte.

"Ich muss ein paar Dinge erledigen", antwortete Georg, *"ich bin aber bald wieder zurück."*

"Du kannst mich doch in meinem Elend nicht allein lassen", sagte Marianne, *"hast du denn gar kein Mitleid mit einer armen, alten Frau?"*

"Du bist weder alt noch arm", sagte Georg, *"und allein bist du auch nicht."*

"Natürlich bin ich allein, wenn du weg gehst", widersprach Marianne, *"ganz allein und verlassen."*

"Frau Schüller ist da; sie wird dich umsorgen und auf dich aufpassen, bis ich wieder komme."

"Wer - um Himmels willen - ist Frau Schiller?" fragte Marianne.

"Frau Schüller, Liebling", korrigierte Georg, *"Schüller mit «ü»."*

"Und wer ist das?" setzte Marianne nach.

"Mein Haushaltsjuwel", antwortet Georg. *"Sie kümmert sich um die Wohnung; auch wenn ich mal verreist bin."*

"Aha", sagte Marianne, drehte sich zur Seite und zog sich die Decke über den Kopf. Georgs *"Bis später, mein Liebling"* hörte sie schon nicht mehr.

****

Als Marianne geraume Zeit später aus der Dusche kam, erschrak sie. Eine wildfremde Frau stand im Zimmer, schaute sie freundlich an und grüßte dann.

"Guten Morgen. gnä' Frau", sagte die Stimme, *"ich bin die Schüller Hermi und ich soll mich um Sie kümmern. Wollen 'S an Kaffee oder lieber an Tee?"*

Marianne begann sich daran zu erinnern, dass ihr Georg von dieser Frau berichtet hatte, als er an ihrem Bett stand.

"Einen Kaffee bitte, Frau Schüller", antwortete Marianne, *"und recht stark."*

"Sehr gern, gnä' Frau, und nennen 'S mich einfach nur Hermine oder Hermi."

"Ist gut", antwortete Marianne, *"und ich heiße nicht «gnä' Frau» sondern Marianne."*

Die beiden Frauen sahen sich einen Moment lang an und dann lachten sie.

"Ich glaube, wir werden uns gut verstehen, Hermine", sagte Marianne und Hermine antwortete in gewohnter Manier:

"Das glaube ich auch, gnä' Frau."

Und noch bevor Marianne darauf reagieren konnte, war Hermine schon in der Küche verschwunden.

Es kostete einige Mühe Hermine dazu zu überreden sich zu ihr zu setzen. Marianne holte eine zweite Tasse und goss ihr Kaffe ein.

"Und jetzt erzählen Sie mir alles, was Sie über den Professor wissen", sagte Marianne, und als Hermine sich zierte, drohte ihr Marianne augenzwinkernd:

"Ich lasse Sie nicht weiter arbeiten, bevor Sie mir alles erzählt haben."

Und was ihr Hermine dann über ihren künftigen Ehemann erzählte, überraschte Marianne doch sehr.

****

"Suchst du etwas? Kann ich dir behilflich sein?"

Georg war zurück gekehrt und fand Marianne vor, wie sie Schubladen aufmachte, hinein schaute und wieder zumachte.

"Ich denke nicht, mein Liebling", sagte Marianne und machte einen Schritt auf Georg zu. Sie umkreiste ihn und schaute dabei immer wieder auf seinen Kopf.

"Was wird das, wenn es fertig ist?" fragte Georg, der langsam begann sich Sorgen zu machen.

"Das weißt du doch", antwortete Marianne und legte dabei die Stirn in Falten. *"Ich kann ihn einfach nicht finden."*

"Was kannst du nicht finden?" insistierte Georg, der allmählich ungeduldig wurde, weil ihm Marianne partout nicht sagen wollte, wonach sie suchte.

"Ich habe alle Schubladen durchsucht; aber ohne Ergebnis. Und auf deinem Kopf kann ich ihn auch nicht sehen."

"Das müssen noch die Nachwirkungen des Alkohols sein", dachte Georg und unternahm einen weiteren Versuch:

"Ich bitte dich inständig mir jetzt zu sagen, was du suchst. Du wirst sehen, wenn wir gemeinsam suchen, werden wir es schon finden; was immer es auch sein mag."

Marianne zögerte noch einen kurzen Augenblick, bevor es unter heftigem Prusten aus ihr heraus platzte.

"Ich suche deinen Heiligenschein", sagte sie und schaute dabei in Georgs Gesicht, der einen kurzen Moment brauchte, bis er reagieren konnte.

"Du böses, böses Mädchen", sagte er dann, *"hast du gar keinen Respekt vor einem älteren Herrn?"*

"Nein, Herr Professor", antwortet Marianne, *"so sind wir Kölsche Mädche nun einmal..."*

Dann umarmte sie Georg, gab ihm einen Kuss und sah ihn mit ihren großen, runden Augen an.

"Ach Nanni", sagte Georg, *"wie konnte ich nur all die Jahre ohne dich sein. Ich kann mir ein Leben ohne dich gar nicht mehr vorstellen."*

"Das musst du auch nicht, mein geliebter Schorschi. Oder glaubst du ernsthaft, ich lasse dich noch einmal los?"

"Ich hoffe nicht", antwortete Georg.

"Jetzt musst du mir aber erzählen, was du die ganze Zeit gemacht hast", sagte Marianne.

"Sage mir erst, ob dich Hermi gut versorgt hat", sagte Georg.

"Wie eine Mutter", antwortete Marianne, *"diese Frau ist wirklich ein Juwel."*

"Ja", das ist sie, sagte Georg, *"und das schon über viele Jahre."*

Dann erzählte Georg, dass er auf der Bank war und beim Notar, um seiner Tochter ein größeres Aktienpaket und Stefan das Haus überschreiben zu lassen.

"Aber es bleibt noch genug für uns beide zum Leben", ergänzte er spaßeshalber.

"Da mache ich mir keine Sorgen", antwortete Marianne, *"nach dem Tod meines Mannes war ich gut*

versorgt. Und außerdem beziehe ich ja auch die Pension für meine Tätigkeit als Dozentin."

"Du hast Vorlesungen gehalten?" fragte Georg.

"Ja", antwortete Marianne, *"nach Peters Tod habe ich meine Tätigkeit an der Philosophischen Fakultät an der Universität zu Köln wieder aufgenommen."*

Georg schaute Marianne voller Staunen an, was diese veranlasste zu sagen:

"Oder hast du geglaubt, ich hätte gestern beim Heurigen geflunkert?"

Georg antwortete nicht sofort.

"Gib es ruhig zu", sagte Marianne, *"du hast es nicht geglaubt."*

"Doch, doch", beeilte sich Georg zu sagen, *"du hast mich ja auch schon mit deinen Lateinkenntnissen beeindruckt."*

"Schwindler", sagte Marianne, *"ihr Männer seid doch alle Schwindler!"*

"Kannst du mir noch einmal verzeihen?" sagte Georg. *"Ich verspreche dir auch nie mehr zu schwindeln."*

"Aber nur, wenn wir heute in den Prater fahren", antwortete Marianne und Georg sagte:

"Ich dachte, wir wollen uns heute etwas ausruhen..."

"Dazu besteht überhaupt kein Grund", sagte Marianne, *"das Wetter ist viel zu schön, um zuhause zu bleiben."*

"Das klang aber vor ein paar Stunden noch ganz anders", murmelte Georg leise.

"Was sagtest du, Liebster?"

"Nichts, meine Sonne", antwortete Georg, *"ich muss nur noch ein paar wichtige Telefonate führen; aber dann können wir los."*

Als Georg wenig später aus seinem kleinen Arbeitszimmer heraus kam, fragte Marianne, warum das so lange gedauert hätte.

"Es ist noch viel zu erledigen, bevor wir nach Köln aufbrechen, mein Liebling", antwortete Georg. *"Bitte, entschuldige, wenn es zu lange gedauert hat."*

"Aber nein", sagte Marianne, *"so war das doch nicht gemeint. Es ist alles in Ordnung."*

"Dann wollen wir jetzt losziehen und nachsehen, ob im Prater die Bäume noch blühn", sagte Georg.

"Jetzt im August?" sagte Marianne, *"das glaube ich kaum."*

"Es gibt aber ein altes Wienerlied mit dem Text: Du narrischer Kastanienbaum, du blühst erst im August."

"Wenn das so ist, dann haben wir ja vielleicht Glück und der Prater ist voller blühender Bäume", lachte Marianne.

"Und alle blühen nur für dich!" sagte Georg.

****

"Das ist ein imposanter Anblick", sagte Marianne, als sie mit Georg vor dem Riesenrad stand. *"Und mit dem fahren wir jetzt?"*

"Ja, mein Schatz", antwortete Georg, *"bis hinauf auf über 64 Meter."*

Marianne zeigte sich sichtlich beeindruckt.

"Warte bitte einen kleinen Moment", sagte Georg, *"ich gehe nur schnell Tickets besorgen."*

Als Georg zurück kam, sagte er zu Marianne, dass sie eine Wartezeit von einigen Minuten hätten. Er nützte die Zeit, um Marianne ein wenig über das Riesenrad zu erzählen.

"Das Riesenrad, ein weiteres Wahrzeichen Wiens, wurde 1897 zur Feier des 50. Thronjubiläums von Kaiser Franz Joseph I. errichtet. Es war zur damaligen Zeit eines der größten Riesenräder der Welt.

Nach dem Krieg, im Jahr 1945, ging man davon aus, dass die Stabilität des Riesenrads gelitten habe, und entfernte jeden zweiten Waggon. Daher hängen heute anstatt der früheren 30 Waggons nur mehr 15 Waggons im Riesenrad.

Das Riesenrad findet auch in der Filmgeschichte seinen Platz. Im Jahr 1949 wurde eine Sequenz des Films «Der dritte Mann» in einem der Waggons gedreht, und im Jahr 1987 sogar eine Szene aus dem James-Bond-Film «Der Hauch des Todes»."

"Es beeindruckt mich immer wieder, was du alles weißt", sagte Marianne voller Bewunderung, *"du hättest wirklich das Zeug zum Reiseführer."*

"Im nächsten Leben vielleicht", antwortete Georg lächelnd, *"aber jetzt müssen wir einsteigen."*

Der verantwortliche Mann am Riesenrad hatte Georg zu gewunken, und als sie einsteigen wollten, sagte er:

"Es ist alles bereit, Herr Professor."

Marianne schaute Georg an und fragte:

"Was hat er damit gemeint?"

"Ich habe keine Ahnung", sagte Georg, *"komm, lass uns einsteigen."*

Marianne wunderte sich, dass der Waggon leer war. Bis auf eine Person, welche mit dem Rücken zu ihnen stand.

Sie bemerkte auch in der Ecke des Waggons einen kleinen Stehtisch, auf welchem sich zwei Kartons befanden.

"Das ist aber seltsam", sagte sie zu Georg, *"findest du nicht auch?"*

"Nein", antwortete Georg, *"finde ich nicht. Beachte den Mann gar nicht; genieße lieber die Aussicht."*

"Das könnte doch aber auch eine Frau sein", sinnierte Marianne weiter, *"das Ganze hat etwas Gruseliges an sich."*

"Jetzt hör aber auf", sagte Georg lachend, *"wir sind nicht im Kino, und das ist nicht «Der dritte Mann». Und die Person da vorne ist weder Joseph Cotten noch Orson Welles."*

"Aber ein wenig komisch ist das schon", sagte Marianne.

Als wenig später der Waggon, in welchem sich Georg und Marianne befanden, an der höchsten Stelle stehen blieb und sanft zu schaukeln begann, verhärtete sich Mariannes Anfangsverdacht und wurde zur Gewissheit: Hier war etwas faul; oberfaul sogar.

"Ich habe Angst", sagte sie und schmiegte sich an Georg. Und als sie dann noch komische Geräusche hinter ihrem Rücken vernahm, drückte sie sich noch fester an Georg.

"Dreh dich bitte um, mein Liebling!" sagte Georg.

"Ich kann nicht!" flüsterte Marianne. Aus der wilden, nur schwer zum Schweigen bringenden Frau war ein verängstigtes Häslein geworden.

"Es ist alles in Ordnung, Liebling", sagte Georg, *"du kannst dich ruhig umdrehen."*

Marianne drehte sich äußerst unwillig und ganz langsam um. Auf dem Tisch in der Ecke standen drei Gläser und ein Flasche.

Und der Mann, den Marianne nur von hinten gesehen hatte, hatte sich zwischenzeitlich umgedreht und hielt einen großen Strauß roter Rosen in der Hand.

Es war Oswald Herberstein, Professor der Medizin und bester Freund von Georg.

Als Marianne sich wieder umdrehte, um Georg ob dieses Streiches die Augen auszukratzen, fand sie diesen kniend vor.

Er hielt ihr einen Brillantring in einer offenen Schatulle entgegen und sagte:

"Liebste Nanni, willst du meine Frau werden?"

Marianne wurde gerade von einer drohenden Ohnmacht umworben. Erst der Schreck mit dem unbekannten Mann im Staubmantel und mit dem schwarzen Hut und jetzt ein Mann zu ihren Füßen, der um ihre Hand anhielt.

"Du verrückter Kerl", sagte sie, *"was machst du nur mit mir?"*

Georg, der Marianne noch immer den Ring entgegen streckte, fragte erneut: *"Willst du?"*

Jetzt kam Oswald aus seiner Ecke als Verstärkung hinzu. Er reichte Georg den Strauß Rosen und Georg wiederholte die Frage - in der einen Hand den Ring haltend und in der anderen den Blumenstrauß:

"Willst du meine Frau werden? Bitte, sag endlich ja; mir tut schon das Knie weh!"

"Ja, du wunderbarer, verrückter Mann; von ganzem Herzen ja!"

Marianne beugte sich hinunter zu Georg und sagte:

"Komm ich helfe dir hoch, alter Mann."

Dann fiel sie Georg um den Hals und küsste ihn. Oswald reichte die Gläser mit dem Champagner, stieß mit Marianne und Georg an und sagte dann zu Georg:

"Sie dürfen die Braut jetzt küssen!"

"Schau noch schnell hinunter auf die Stadt, bevor sich das Rad wieder bewegt", sagte Georg, *"sie ist jetzt deine zweite Heimat."*

Marianne konnte nur schwer den Blick von ihrem Ring abwenden, den ihr Georg angesteckt hatte. Es war ein besonders schönes Stück mit einem feinen Schliff.

"Der Ring ist wunderbar; ich danke dir sehr!"

"Er funkelt nicht annähernd so schön wie deine Augen", sagte Georg und küsste seine Nanni.

"Geknutscht wird später", sagte Oswald, *"ich habe Hunger; ab ins Schweizerhaus!"*

Als sich das Riesenrad wieder in Bewegung setzte, um die drei besonderen Fahrgäste wieder auf die Erde zurück zu bringen, bedankte sich Georg bei seinem Freund.

"Ich danke dir, dass du das alles organisiert hast, mein Lieber; das werde ich dir nie vergessen!"

"Ich habe nur deine Befehle ausgeführt, großer Meister", sagte Oswald mit einem breiten Grinsen.

Marianne gab Oswald einen Kuss auf die Wange und sagte: *"Du bist wirklich ein toller Freund; danke!"*

Als die Waggontür zum Aussteigen geöffnet wurde, kamen zwei Helfer herein, um den Waggon wieder auszuräumen.

Georg ging zu dem Mann, der sie zuvor einsteigen lassen hatte und drückte ihm ein Kuvert in die Hand.

"Das ist für Sie und Ihre Helfer; vielen Dank! Und sagen Sie ihrem Chef, es hat alles wunderbar geklappt."

"Es war uns eine Ehre, Herr Professor", sagte der Mann und verbeugte sich als Zeichen seiner Dankbarkeit. Dann wandte er sich auch Marianne zu und sagte:

"Ich wünsche Ihnen und dem Herrn Professor alles Liebe und Gute!"

"Vielen Dank, mein Herr", sagte Marianne, *"das ist sehr freundlich von Ihnen."*

Und wieder verbeugte sich der Mann, der es sichtlich genoss mit "mein Herr" angesprochen worden zu sein.

"Jetzt aber los", sagte Oswald, *"mein Magen knurrt schon."*

Als sie später im Schweizerhaus ankamen und mit Mühe einen freien Tisch ergattert hatten, fragte Marianne ihre beiden Begleiter, was die Kellner durch die Gegend tragen würden.

Sie hatte erspäht, dass die Kellner mit großen Tabletts durch die Reihen jonglierten, und dass die darauf befindlichen Speisen sehr üppig waren und alle eine große Ähnlichkeit miteinander hatten.

"Das sind Stelzen", antwortete Oswald, *"das isst fast jeder hier. Und dazu trinkt man ein Budweiser Bier."*

"Was sind Stelzen?" fragte Marianne.

"Bei euch sagt man wohl «Schweinshaxen» dazu", übersetzte Georg. *"Die solltest du unbedingt probieren."*

"Gibt es hier auch noch andere Speisen?" fragte Marianne, *"so eine Stelze ist mir zu üppig."*

"Natürlich", meldete sich Oswald wieder zu Wort, *"es gibt Wiener Schnitzel, Grillhendl, Gulasch, Fisch und vieles mehr."*

"Dann möchte ich ein Wiener Schnitzel und ein Bier", sagte Marianne.

"Und wir nehmen eine Stelze", sagte Oswald zu Georg und Georg antwortete:

"Aber nur wenn wir uns eine teilen, eine ganze ist mir zu viel."

"Einverstanden", sagte Oswald und rief den Kellner herbei. Dann fügte er noch hinzu:

"Aber ihr seid heute meine Gäste."

Als sie fertig gegessen hatten, stellte Marianne eine Frage, die sie schon die ganze Zeit über beschäftigte:

"Wie habt ihr das geschafft mit der Reservierung der Gondel?"

"Das hast du der hohen Chirurgenkunst deines künftigen Gatten zu verdanken", sagte Oswald, *"und die Gondel heißt mit richtigem Namen «Waggon»."*

"Besserwisser!" sagte Georg und Oswald fuhr fort:

"Der Sohn vom Betreiber des Riesenrads hatte vor Jahren einen sehr schweren Unfall. Er wollte einen der Waggons reparieren, der in der Höhe stecken geblieben war und ist dabei abgestürzt.

Durch den Sturz hat er sich beide Beine und ein Hüftgelenk gebrochen. Georg ist es gelungen den Burschen soweit wieder zusammen zu flicken, dass er wieder ein ziemlich normales Leben führen kann.

Wie groß, glaubst du, verehrte Marianne, war wohl die Dankbarkeit des jungen Mannes und die seines Vaters?"

"Ich nehme einmal an, sehr groß", antwortete Marianne und schaute voller Bewunderung auf ihren Georg.

"Genauso ist es", antwortete Oswald mit einem breiten Grinsen, *"und nun weißt du, warum du diesen*

außergewöhnlichen und sicher einzigartigen Heiratsantrag von unserem lieben Schorschi erleben durftest."

"Jetzt ist es aber genug", sagte Georg, dem die Lobhudelei seines Freundes zu viel wurde.

"Aber wieso?" fragte Oswald, "jedes Wort ist wahr! Aber man wird ja nur verkannt..."

Oswald spielte den Beleidigten und Georg ließ sich auf das Spiel ein.

"Mein armer Ossi", sagte Georg, "niemand liebt dich; außer du dich selbst. Und ich danke dir sehr wohl, dass du mich beim Unternehmen «Heiratsantrag» so unterstützt hast."

Während Georg das sagte, schaute er abwechslungsweise auf seine Uhr und zum Eingang.

"Erwartest du noch jemand?" fragte Marianne.

Georg nickte nur. Er hatte nämlich, was niemand wusste, Oswalds Ehefrau Christiane telefonisch ins Schweizerhaus eingeladen, unter dem Vorwand sie mit Marianne bekannt zu machen.

Das war aber nur ein Grund der Einladung. Der zweite und für Georg der weitaus wichtigere war der Versuch Christiane und Oswald zu versöhnen.

Als Christiane wenig später eintraf, begrüßte Georg sie mit einem Kuss auf beide Wangen und sagte:

"Ich freue mich sehr, dass du meiner Einladung gefolgt bist, liebe Christiane. Darf ich dir Marianne vorstellen?"

Als Christiane Oswald sah, schwankte sie zwischen empört weglaufen und der Einladung Georgs zu folgen.

"Ich freue mich sehr Sie kennen zu lernen", sagte Marianne und streckte Christiane die Hand hin.

"Ich freue mich auch", antwortete Christiane mit einem zürnenden Blick auf ihren treulosen Gatten.

"Wollen wir nicht «DU» zueinander sagen?" versuchte Marianne Christianes Aufmerksamkeit wieder auf sich zu ziehen.

"Sehr gern", antwortete Christiane mit einem aufgesetzten Lächeln.

"Uns müsst ihr jetzt bitte entschuldigen", sagte Marianne und zog Oswald dabei am Arm, *"Oswald zeigt mir jetzt die versprochene Führung durch das Schweizerhaus."*

Oswald schaute genau so verwirrt wie Georg und Christiane. Keiner der drei konnte sich unter einer "Führung durch das Schweizerhaus" auch nur annähernd etwas vorstellen.

Oswald erhob sich dennoch und folgte Marianne, die ihn noch immer fest am Ärmel hielt.

"Warum hast du mir nicht gesagt, dass Oswald auch hier ist?" fragte Christiane in strengem Ton.

"Wärst du dann gekommen?" fragte Georg.

"Ganz sicher nicht", antwortete Christiane.

"Na, siehst du", sagte Georg. *"Als ihr mich damals gefragt habt, ob ich euer Trauzeuge sein möchte, habe ich zur Bedingung gemacht, dass ich mich einmischen darf, wenn ich es für nötig halte. Und ihr habt zugestimmt. Kannst du dich daran erinnern?"*

"Ja, natürlich", antwortete Christiane und ihr Tonfall hatte an Stärke nicht verloren.

"Und jetzt erkenne ich die Notwendigkeit mich einzumischen", sagte Georg, *"und das mache ich auch. Und du wirst mir zuhören!"*

Christiane schaute Georg lange an, sagte aber nichts.

"Wie du weißt, bin ich auch der Taufpate eures ersten Kindes", fuhr Georg fort, *"und ich werde nicht tatenlos zusehen, dass eure gemeinsamen Kinder unter der Dummheit ihrer Eltern leiden müssen."*

"Oswald ist fremd gegangen, nicht ich!" stieß Christiane heraus und sie bemühte sich nicht dabei zu weinen.

"Ich weiß", sagte Georg, "und ich will das keineswegs entschuldigen. Oswald ist ein Windhund und du wusstest das, bevor ihr geheiratet habt.

Was du aber nicht weißt: Oswald ist krank. Er leidet unter dem «Don-Juan-Komplex». In der Medizin wird die Krankheit als «Satyriasis» bezeichnet.

Das kommt von «Satyr», dem lüsternen Waldgeist aus der griechischen Mythologie, der als Bock dargestellt wird.

Diese Krankheit ist heilbar, Ich habe schon mit Oswald darüber gesprochen, und er hat sich bereit erklärt eine Therapie zu machen."

"Ist das wahr?" fragte Christiane erstaunt. *"Gibt es die Krankheit wirklich?"*

"Ja", antwortete Georg, *"denke nur an den Schauspieler Michael Douglas. Der litt auch unter dieser Krankheit. Er hat sich therapieren lassen und ist jetzt geheilt."*

"Das wäre schön", sagte Christiane, begleitet von einem kleinen Lächeln als Zeichen für Hoffnung.

"Ich liebe ihn ja noch immer", fuhr Christiane fort, *"und ich könnte mir auch nicht vorstellen die Kinder ohne ihn groß zu ziehen."*

"Das klingt gut", sagte Georg, *"das freut mich sehr zu hören."*

"Aber warum hat Oswald nie etwas davon gesagt?" fragte Christiane.

"Dummheit oder männlicher Stolz", antwortete Georg, *"wer weiß das schon.*

Ich glaube aber eher, es war ihm selbst gar nicht wirklich bewusst. Und wenn er es gewusst hat, dann hat er es erfolgreich verdrängt."

"Danke Georg", sagte Christiane. Sie stand auf und umarmte Georg.

"Ich weiß gar nicht, wie ich dir danken soll. Wie es aussieht, hast du gerade meine Ehe gerettet. Ich bin sehr froh, dass du unser Trauzeuge bist."

"Das ist wunderbar, liebe Christiane", sagte Georg, *"sollen wir unsere besseren Hälften von ihrer Führung durch das Schweizerhaus, die heute erfunden wurde, erlösen?"*

"Ja, mach das!" sagte Christiane und lachte.

"Wie war die Führung", fragte Christiane, als Marianne mit Oswald an den Tisch zurück kam.

"Sehr aufschlussreich und interessant", sagte Marianne, *"ich kann sie nur empfehlen."*

"Dann kannst du ja die Führung für mich und die Kinder demnächst wiederholen", sagte Christiane und Oswald wusste gerade nicht, wie ihm geschah...

"Und was habt ihr die ganze Zeit gemacht?" fragte Marianne.

"Dieser wunderbare Mann und Freund hat mir interessante Dinge über das Leben erzählt", antwortete Christiane, *"über Dinge, von denen ich bis gerade eben noch gar nicht wusste, dass es sie gibt."*

Bei Oswald ging ein Licht auf; ja sogar ein ganzes Lichtermeer. Er schaute seine Frau an und seine Augen wurden feucht.

Er dachte einen Augenblick lang daran Christiane einen Kuss zu geben, gab diesen Gedanken aber sofort wieder auf. Seine Angst war zu groß etwas Falsches zu tun.

"Und du willst also unseren Georg ins Ausland verschleppen?" sagte Christiane, um das Thema zu wechseln.

"Hat er das so zu dir gesagt?" fragte Marianne, *"ich hatte bisher den Eindruck, er wolle freiwillig mitkommen."*

"Fragen wir ihn doch gemeinsam!" sagte Christiane. *"Wie ist das? Wirst du von dieser Frau gezwungen deine Heimat zu verlassen oder gehst du freiwillig mit?"*

"Aus freien Stücken und mit ganzem Herzen folge ich dieser Frau, welche dir gleich kommt, teure Christiane."

"Dann soll es so sein, tapferer Georg!" sagte Christiane und alle lachten.

"Wann fliegt ihr?" fragte Oswald.

"Übermorgen", antwortete Georg.

"Dann werden wir euch zum Flughafen bringen", sagte Oswald und Christiane fügte hinzu:

"Aber vorher laden wir euch noch ins Sacher ein. Morgen Abend 20:00 Uhr."

"Leck mich in de Täsch!" entfuhr es Marianne.

"Was heißt das?" fragte Christiane erstaunt und bevor Marianne antworten konnte, sagte Georg:

"Das ist die etwas deftigere kölsche Form von «bumsternatzl»!"

Das verstand Marianne wiederum nicht, beließ es aber dabei und sagte stattdessen:

"Ich habe ja gar nichts Passendes anzuziehen..."

"Dann werden wir morgen noch schnell etwas besorgen, mein Schatz", sagte Georg und küsste Marianne.

"Darf ich noch einen Wunsch äußern?" fragte Marianne in die Runde.

"Gern", sagte Georg, *"wenn er zu erfüllen geht."*

Marianne schaute Christiane und Oswald an und sagte dann:

"Ich wünsche mir euch beide als unsere Trauzeugen!"

"Diesem Wunsch schließe ich mich natürlich an", ergänzte Georg Mariannes Wunsch.

"Dann wollen wir das so machen!" sagte Oswald, nachdem ihm Christiane zustimmend zugenickt hatte.

****

"Verehrte Fluggäste, hier spricht Ihr Flugkapitän. Mein Name ist Thorsten Neumann und ich darf Sie auf dem Flug zum Airport Köln-Bonn herzlich begrüßen. Die voraussichtliche Flugdauer beträgt eine Stunde vierzig Minuten. Das Wetter ist gut und ich wünsche Ihnen einen angenehmen Flug!"

"So, mein Liebling, bevor wir in Köln landen, muss ich dir noch das Rheinische Grundgesetz erklären:

1. *"Et es wie et es. (Es ist wie es ist.)"*

2. *"Et kütt wie et kütt. (Es kommt wie es kommt.)"*

3. *"Et hätt noch emmer joot jejange.(Es ist bisher noch immer gut gegangen.)"*

****